Manni, werd endlich erwachsen!

Roman von

Karl-Heinz Cronau

Inhaltsverzeichnis

Kapitel 1	Die richtige Entscheidung?
Kapitel 2	Meine erste große Reise
Kapitel 3	Eine völlig fremde Welt
Kapitel 4	Tod, im Namen Gottes?
Kapitel 5	Schmerzliches Aufwachen
Kapitel 6	Hoffnung mit Marietta
Kapitel 7	Freundschaft mit Julia
Kapitel 8	Glückliche Rückreise
Kapitel 9	Liebe ist eine Himmelsmacht
Kapitel 10	Mein erster Job
Kapitel 11	Liebe, Glück, Tod und Erbe
Kapitel 12	Bombenstimmung

Kapitel 1

Mai 2010

Manfred Paulin, der einzige Sohn von Heinz-Wilhelm und Giesela Paulin, hat sich heimlich einer islamischen Gruppe angeschlossen. Aber was, um alles in der Welt, bewegt einen jungen Menschen zu einem solchen Schritt. Religiosität ist bisher in seiner Familie kein Thema gewesen. Auch hat er bisher wenige Berührungspunkte mit irgendwelchen Glaubensansichten gehabt. Welche Sehnsüchte oder Lebenserfüllung verspricht er sich davon. Welches Lebensereignis bewegt ihn zu dieser Entscheidung. Ist es vielleicht nur eine Art von Abenteuerlust? Vielleicht verspürt er auch nur eine Sehnsucht nach Geborgenheit oder Erfüllung seiner Wünsche? Leicht hat er es, bisher jedenfalls, in seinem jungen Leben bisher nicht gehabt. Liegt hier der Schlüssel zu dieser einschneidenden Entscheidung?

Das Streiten in der Familie hat der damals 17-jährige dermaßen satt. Immer wieder haben sich die Eltern in den Haaren. Mal geht es um die, von Gisela mit in die Ehe mitgebrachte, 19-jährige Tochter Monika welche oft tagelang ausbleibt. Mal geht es um die häufige Arbeitslosigkeit von Vater Heinz-Wilhelm und der dieser folgenden Trunksucht. Mal geht es um das oft fehlende Geld und den leidigen Gang zum Sozialamt. Kaum ein Tag vergeht ohne irgendeinen banalen Streit. Manfred hat das Gefühl, man streitet sich nur, damit man sich überhaupt einander wahrnimmt. Normales Reden und Gespräche wie früher sind einfach nicht mehr möglich, in dieser Wohnung im vierten Stock, einer dürftig renovierten Plattenbausiedlung.

Die Zeche der Hauptarbeitgeber des Städtchens, hat nach der Wende abgewirtschaftet und einige Jahre später geschlossen. Die versprochenen blühenden Landschaften bestehen aus dem mit Wasser vollgelaufenen Tagebaulöchern sowie das Buschwerk welches sich auf natürlichem Wege die Natur zurück erobert. Arbeit gibt es kaum noch im Städtchen und viele, die es sich leisten können, sind schon fortgezogen.

Dafür gibt es umso mehr Emigranten und Ausländer in den Wohnblocks. Einige spitzfindige Geschäftemacher haben ganze Wohnblocks der Siedlung gekauft und als Asylantenheime umgebaut. Hier leben seit Jahren verschiedene Volksgruppen aus Syrien, dem Iran, aus dem Sudan, einige Mazedonier, Sinti, Roma, Libyer und andere verschiedene Hautfarben, Religion und Herkunft. Ein multikultureller Schmelztiegel und natürlich ein Pulverfass der Meinungen und Emotionen haben sich hier gebildet. Anfangs hat sich Manfred der rechtsradikalen Szene hingezogen gefühlt, welche unter den Jugendlichen dieser trostlosen Gegend weit verbreitet ist. Die haben ihm eingeredet alle Asylanten seien nur Wirtschaftsflüchtlinge und nur darauf aus unser Sozialsystem zu missbrauchen, uns unsere Arbeit wegzunehmen und unsere Frauen zu schänden. Da muss man doch gegen angehen. Man muss gegen die Überfremdung protestieren. Die Nichtdeutschen, die Asylanten sollen sich wieder nach Hause machen und haben in unserem Deutschland nichts verloren. Diese Meinung ist der Tenor unter seinen Sinnesgenossen. Also geht er mit auf die Straße, protestiert lautstark und fühlt sich in Mitten seiner Kumpane richtig stark. Auch in anderen Städten ist er schon auf Demos aktiv geworden, hatte tatkräftig mitgewirkt, richtig auf den Putz gehauen und ordentlich Randale gemacht. Er weiß endlich wo es lang ging.

„Manfred ist nun ein ganzer Kerl und schließlich bereits erwachsen!"

Aber bei einer Rangelei mit den Asylanten, am Rande einer Demo, hat er eine über den Kopf gezogen bekommen und geht zu Boden. Er muss mit einer Platzwunde am Kopf, einigen derben blauen Flecken sowie einer Gehirnerschütterung mehrere Tage im Krankenhaus Dresden-Friedrichstadt verbringen. Dadurch kann die Polizei gegen ihn ermitteln. Bei der drauffolgenden Verhandlung, am Jugendgericht in Dresden, bekommt er zwei Wochen Jugendarrest und an sechs Wochenenden gemeinnützigen Dienst aufgebrummt.

Der Jugendarrest ist halb so schlimm, den steckte er locker weg, er ist sowieso arbeitslos, oder netter gesagt, arbeitsuchend. Jedenfalls ist es im Jugendarrest, eher wie in einem Landschulheim, aber abwechslungsreicher und netter als zu Hause. Hier gibt es einen geregelten Tagesablauf und was vernünftiges zum Essen.

Den gemeinnützigen Dienst absolviert er widerwillig im städtischen Altenheim mit Wut und Frust im Bauch. Den ganzen langen Tag mit gebrechlichen, alten, senilen Menschen verbringen und deren Gestank und Frust mitzuerleben, dem kann er nichts Positives abgewinnen. Und die Weiber, wie er verächtlich die weiblichen Pflegekräfte betitelt, haben auch noch Spaß daran. Hingabe zum Pflegeberuf und soziale Verantwortung nennen sie dies. Und das in Tag und Nachtdienst, rund um die Uhr. Jeden Tag und manchmal auch am Wochenende für eigentlich kleines Geld. Der Pflegedienstleiter hat ihm vorgeschlagen:

„Manfred, du solltest dich mal bei uns bewerben, eine Ausbildung zum Altenpfleger machen. Die Chancen würden für dich gut stehen. Probier's doch mal!"

So ein Schwachsinn, denkt er. Nie und nimmer mache ich das. Gerade weil ihn die sogenannten Freunde, aus der rechtsradikalen Szene, mit denen er immer noch herumhängt, auch noch deswegen hänseln. Sie nehmen ihn laufend auf die Schippe:

„Hey, Alter, du Sklave der Grufties. Wie viel Ärsche hast du heute schon abgeputzt. Die alten Tanten mit ihren Falten am Arsch und ihren Hängetitten sind doch richtig sexy, hat dich schon eine verführt."

So und ähnliche Sprüche reihen sich aneinander. Dieser Quatsch ist nicht mehr zum Anhören. Also macht er seine eigen Pläne und Überlegungen. Manfred kommt ins Grübeln und denkt über seine Vergangenheit und seine Zukunft ernsthaft nach:

„Die haben wirklich keine Ahnung, da brauchst du gar nicht erst anfangen mit diesen geistigen Schwachköpfen darüber zu diskutieren."

Er zieht sich mehr und mehr von diesen abartigen Subjekten zurück. Natürlich, er hat schon Angst vor einer weiteren härteren Strafe falls er wieder straffällig wird. Diese hat ihm der Jugendrichter in Aussicht gestellt, falls er wegen ähnlicher Delikte bei ihm wieder auftauchen sollte.

Aber nur zu Hause rumlungern, den ewigen Streit das biestige Gekeife und Gemeckerte seiner Eltern ertragen, das geht mir auch gegen den Strich. Es musste jetzt endlich mal was passieren, eine andere Perspektive muss her. Also nimmt er selbst das Heft in die Hand.

Mein Entschluss steht fest:

„Ich, der Manni, will jetzt endlich erwachsen werden!"

Ich brauche Aktion, Freiheit, Zukunft, Leben um mich herum. Wie kann ich, der Manfred, diesen Frust durchbrechen. Es hängt mir diese „ Blöde Scheiß Welt" zum Halse raus. Mir ist alles, schlicht gesagt, zum Kotzen.

Jetzt am Wochenende hänge ich wieder mal in der kleinen schmuddeligen Disco „Ballermann Sechs-ein-halb" rum. Diese befindet sich im alten Zechengelände am Rande der Stadt. Hierzu ist die ehemalige Werkskantine der Zeche etwas aufgepeppt worden und hat einen knalligen, feuerrot und tiefblauen, Anstrich erhalten. Innen ist alles ziemlich in Dunkel und Schwarz gehalten. Nur die Lichteffekte erleuchten den Raum von der Tanzfläche her aus. Das alte Zechengelände sollte eigentlich mit EU-Mitteln zum neuen Industriepark II ausgebaut werden. Bis auf einen kleinen Supermarkt und zwei Handwerksbetriebe hat sich niemand hier angesiedelt. Irgendwie ist das Vorhaben ins Stocken geraden. Wer weiß, in welchen dunklen Kanälen, die Gelder wieder versickert sind. Vor 22:00 Uhr gibt es die Getränke zum halben Preis. Von meinem mageren Taschengeld kann ich mir heute höchstens noch drei, halbe Liter Becher, Bier kaufen. Der Rest ist für Zigaretten draufgegangen. Gegen 23 Uhr füllt sich der Laden langsam. Ich mische mich unter die, im Takte des Stroboskops, zuckenden Leiber auf der Tanzfläche. Einige im Zossen-Look knapp begleitete Mädchen mit schwarz geschminkten Lippen und auch die schwarzen Augenhöhlen ziehen mich irgendwie magisch an. Die riesigen künstlichen schwarzen Augenwimper mit Perlenschimmer und die schwarzblau schimmernden Stachelfrisur der Girls sind der letzte Schrei. Ich finde die jugendlich heißen Girls geil. Sie sind um die 15 bis 16 Jahre alt und gut gebaut, eben tolle Fahrgestelle. Von ihren weißen Brustansätzen der Dekolletees welche aus ihren schwarzen Korsagen hervorquellen bekomme ich Stilaugen. Ich baggere sie von der Seite an. Entweder bin ich zu plump rangegangen oder sie sind noch nicht in Stimmung.

„Verpiss dich, du Schleimi, geh heim zur Mami, die gibt dir‘s Fläschchen!“

wimmeln sie mich kichernd ab. Dass ich kein Schönling bin, weiß ich schon. Für teure Klamotten und eine geile Punkfrisur fehlen mir schlicht die Moneten.

„Blöde Weiber, fickt euch doch selbst“,
murmele ich mir in den Bart. Noch nicht mal einen richtigen Bart habe ich, mehr so ein Flaum, wie ein Küken halt.

Ich verzieh mich wieder an die Theke und nuckele an meinen schalen Rest des dritten Becher Bieres.

Dann sehe ich meine Halbschwester Monika mit ihrem Lover Charlie reinkommen. Monika hat ein ähnliches Outfit wie die Girls auf der Tanzfläche. Mit einem breiten Gürtel aus schwarzem Lackleder hat sie ihre Taille noch mehr betont und mit ihrer Korsage ihre Brüste nach oben gequetscht. Ihre langen blanken Beine stecken in schwarzen geschnürten Lackschuhen mit hohen Absätzen. Schon fast nuttig, ihr geiler Auftritt. Natürlich trägt sie einige Piercings. An jedem Ohr drei Ringe, im Nasenflügel eine Perle, in der Lippe einen Ring in den Augenbrauen jeweils einen Stecker und eine Zungenperle. Wahrscheinlich hat sie am restlichen Körper auch noch ein paar Stecker oder Ringe, aber das sagt sie mir sowieso nicht. An den Beinen und den Oberarmen trägt sie gruselige Tattoos mit Schlangen, Echsen, Drachen und Fratzen. Etwas Vampierhaftes ist an ihr, es fehlen nur noch die geschliffenen Eckzähne.

Der etwas älter wirkende Kerl, neben ihr, trägt schwarze hautenge Leder-Klamotten mit silbernen Nieten und schwarzen Fransen. Seine schwarzgefärbten Haare sind glänzend mit Pomade nach hinten gekämmt. Natürlich hat er auch einige Piercing und Tattoos. Wenn das meine Eltern sehen würden gäbe es wieder Zoff. Sie stolziert mit ihrem Kerl im Schlepptau an mir vorbei ohne mich zu registrieren. Weiter unten an der Theke stehen sie nun mit einem weiteren Pärchen. Eklig wie die sich abknutschen. Gerne hätte ich noch ein Bier getrunken. Aber ich bin völlig blank. Ob ich meine Schwester mal anpumpe? Als Verkäuferin in Anne`s Boutique am Marktplatz verdient sie nicht schlecht. Ich schleich mich an.

„Hey, Schwesterherz, willst deinem durstigen lieben Brüderchen nicht mal einen ausgeben“,
mach ich sie von der Seite an.

„Was willst du Knirps den hier, der Kindergarten ist aus, geh nach Heim ins Bettchen, du Schwachmat, lass mich in Ruhe, verpiss dich, Mensch hau endlich ab“,
keift sie giftig zurück und bläst mir den Zigarettenqualm ins Gesicht. Das ist eben echte Geschwisterliebe. Der Ledermann dreht sich um zu mir und gibt seinen Senf dazu:

„Ist das dein Bruderherz, hast mir ihn noch gar nicht vorgestellt. Habt ihr nichts Gescheites anzuziehen für den Kleinen.“

„Komm Charlie, las den Knirps nach Hause gehen, der gehört bei Mama, der ist doch nur heiße Luft!“
frotzelt sie abschätzig über mich.

Der Ledermann lässt nicht locker,

„Charlie trinkt jetzt mit dir erstmal einen. Wirst ja vielleicht mal mein Schwager!“ und fügt hinzu,

„Meine Flamme sagt, du heißt Manni?“

„Joh, so heiße ich und du bist der Charlie."

„He, Barkeeper, für meinen Freund Manni einen doppelten Bourbon Whiskey."

Monika ruft dazwischen:

„Lass den endlich abziehen, den Penner, der stört, der Pisser"

Aber Charlie lässt nicht locker und füllt Manni nach und nach ab. Nach drei doppelten Whiskeys werden mir die Knie weich. Hinzu kommen noch die zwei Touch Down Alcopops aus dem Bahnhofs-Kiosk und vorher die drei Halbe Bier. Ich torkele angeheitert nach Hause. Am anderen Morgen habe ich, der fast erwachsene Manni, einen dicken Brummschädel!

„Manni, du bist alles andere als Erwachsen", denke ich.

Ich bin mal wieder beim Arbeitsvermittler gewesen, der hatte mir einige Lehrstellen empfohlen. Aber weiter weg, nichts in der Nähe. Auch verschiedene Förderungsmodelle hat er angesprochen. Ich muss mich aber erst mal bewerben und eventuell nach Stuttgart, Hannover oder Frankfurt am Main ziehen. Der spinnt ja, das bringt sowieso nichts habe ich frustriert bei mich gedacht und die Unterlagen in den, im Flur stehenden, Papierkorb geworfen. Mindestens einhundert Bewerbungen habe ich schon verschickt und alle sind zurückgekommen.

„Es tut uns leid aber der Ausbildungsplatz wurde bereits vergeben."

Oder:

„In diesem Jahr müssen wir leider von einem weiteren Arbeitsplatz absehen.“

Keiner will mich Ossi, mit einem mittelmäßigen Abgangszeugnis der Realschule, aus der hintersten Ecke Deutschlands, haben. In dieser, direkten Umgebung gibt es keine Zukunft, ob ich doch von hier abhaue? Die ungeschönte Jugendarbeitslosigkeit liegt hier in der Region bei 25%. Das deprimiert und frustriert. Lustlos gammele ich am Bahnhof rum, ziehe mir eine Büchse Bier am Automaten im Kiosk und flötzte mich auf eine Wartebank neben einen, nach Fusel stinkenden, Penner. Diesen pöbele ich von der Seite so lange an bis dieser fluchend weiter zieht. Der Regionalzug, aus Bautzen kommend, fährt ein. Es steigen nur wenige ältere Leute, mit bunten Tüten der Einkäufe aus und drei junge Ausländer. Die Ausländer sehen komisch aus. Schwarze, im Wind der Bahnhofshalle, wehende Gewänder und weise gehäkelte Käppis auf dem Kopf. Wilde Bärte tragen sie und an den Füßen Sandalen, mit einer Ähnlichkeit von Gesundheitslatschen. Jeder hatte ein braune Umhängetasche aus Leinen umgehängt und ein Buch in der Hand. Ähnlichen Typen bin ich in Dresden auch schon begegnet. Zwei stellen sich zu einer Gruppe Jugendlicher, welche schon länger am Kiosk rum hängen, Bierdosen in der Hand halten und albern, um diese anzuquatschen.

Der Dritte steuerte auf ihn zu und kommt gleich zum Thema:

„Na mein Freund, du siehst aus als ob du keine Arbeit hättest. Warum trinkst du schon um die Mittagszeit Alkohol.

Nicht nur das dies ungesund ist, auch begehst damit eine Sünde. Und Sünder, wahrscheinlich ist dies nicht deine einzige Sünde, ja Sünder schmoren nach ihrem Tote in der Hölle. Dies lehrt uns der Allmächtige, Allah der Herrscher der Welt, des Lebens und des Todes durch das Buch des Propheten Mohammed.“

Ich bin erst einmal Verdutzt. Der spricht ja deutsch, irgendwie geschwollen, das ist gar kein Ausländer, denke ich bei mir.

„ Willst du so weiterleben, willst du dich selbst in dein Verderben stürzen, willst du ewig in der Hölle schmoren, ...“ er malt mir ausführlich mein zukünftiges Elend in grauenhaften Formen und Beispielen auf.

„Das geht dich gar nichts an, ich kann machen was ich will, scher dich zum Teufel, blöder Kerl“,

ist meine Antwort. Aber er lässt nicht locker und er erklärt mir den Teufel in allen Variationen. Er redet auf mich ein und zitiert immer wieder aus seinem mit Ornamenten und Schriftzeichen verzierten Buch, welches er seinen heiligen Koran nennt.

Nun kramt er aus seinem Umhängebeutel ein gleiches Buch, diese schenkt er mir. Gleichzeitig spricht er nun von der Erlösung und vom Paradies, welches ich unter bestimmten Bedingungen erreichen kann. Ich bin perplex und sprachlos, finde keine Argumente mehr gegen seinen überschäumenden Redeschwall. Am liebsten würde ich feige abhauen, aber er verwickelt mich immer wieder von neuem in Gespräche. Unbemerkt horcht er mich vertrauensselig und äußerst geschickt aus. Ich ziehe mir noch, nur um ihn zu ärgern, eine Dose Bier am Automaten im Kiosk.

Nach einer gefühlten Stunde überreicht er mir noch einen Zettel mit einem Veranstaltungstermin am Abend. Zum Schluss umarmte er mich und nennt mich seinen Freund. War das peinlich, wenn dies einer meiner Kumpels gesehen hat. Zum Schluss nennt er mir seinen Namen:

„Ich bin jetzt ein Moslem und heiße Abdulnasir, wende dich an mich und ich helfe dir, mit Allahs gütiger Hilfe, aus deinem Elend. Auch ich habe in Sünde gelebt, aber ich habe mich von Grund auf geändert und bin sehr glücklich darüber".

Er überreicht mir mit einer Verbeugung eine Visitenkarte mit seiner Handynummer. Das imponiert mir. Ich glaube er ist bisher der einzige Mensch, der vor mir eine Verbeugung gemacht hat.

Dies ist eine mir bisher unbekannte respektvolle Achtung meiner Person. Ich bin echt verblüfft, ich bin von den Socken. Ich überlege und sinniere:

„Vielleicht ist das ja die Wende in deinem versifften Kackleben."

Er hat mich doch tatsächlich neugierig gemacht und ich werde heute Abend zu dieser ominösen Veranstaltung hingehen.

Kapitel 2

Einige Wochen später.

„Ich habe mich beim Arbeitsamt für eine Fortbildungsmaßnahme angemeldet und habe die Zusage zur Teilnahme gekriegt“,
verkünde ich beim Abendessen am Küchentisch.

„Hauptsache du bekommst dadurch endlich eine gescheite Lehrstelle und liegst uns nicht immer auf der Tasche“,
ist Gieselas lapidare Antwort. Papa fügt, in dem er mir mit seiner Flasche Bier zu wedelt, bejahend hinzu:

„Endlich mal ne gescheite Nachricht, musst ja bald mal erwachsen werden, Prost“

„Dafür muss ich aber für drei Wochen in eine auswärtige Jugendbildungsstätte in der Nähe von Potsdam ziehen, keine Angst, es wird alles vom Arbeitsamt bezahlt, hier unterschreib mal, das ihr damit einverstanden seid“,
bemerke ich und lege meiner Mutter ein Bündel Papiere vor.

„Hier und Hier und da auch noch unterschreiben, dann seit ihr mich erstmal für drei Wochen los“
Mama Giesela unterschreibt wortlos und ohne nachzulesen, oben ist ja der Briefkopf vom Arbeitsamt zu sehen. Bloß nicht weiter fragen und bohren sonst überlegt sich der Junge es noch anders ist ihr Gedanke.

Ich habe geschickt die Papiere so manipuliert und gefächert dass meine Mutter Giesela diesen Betrug nicht bemerkt. Nun habe ich meine Papiere für meine Ausreise zusammen. Mit der Unterschrift seiner Mutter kann ich mein bescheidenes Konto abräumen. Auch die Genehmigung, als Jugendlicher in einer Reisgruppe ins Ausland zu Reisen, ist unterschrieben. Was soll ich mitnehmen auf seine Reise, was braucht man so alles und für wie lange reicht dies dann. Ich bin noch nie so richtig in Urlaub gefahren. Höchstens mal nach Opa Fritz und Oma Lisa, welche nach der Wende bei Potsdam lebten. Hier haben sie einige Grundstücke und ein kleines schmuckes Häuschen geerbt. Dieses liegt in einem Waldstück in einem Vorort von Potsdam.

"Da könnte ich eigentlich auch Oma und Opa mal besuchen, was meinst du dazu, die freuen sich bestimmt, auch wenn ich mal alleine komme"

Sage ich zu meiner Mutter, weil es mir grad so in den Sinn kommt.

„Wenn du meinst, ist mir egal, mach was du willst. Dann brauchst du aber bisschen Taschengeld. Ich hab nur fünfzig Euro über, reicht dir das"

„OK, gib her, besser als gar nix, kann ich Oma ein Flasche Likör kaufen, dann freut sie sich bestimmt"

Giesela schmunzelt und denkt bei sich:

„Wird der Junge am Ende doch noch vernünftig. Er braucht vielleicht nur mal bisschen Abwechslung. Das wird ihn bestimmt guttun"

Sie kommt mit einer Reisetasche:

„Hier die kannste nehmen. Ich helfe dir beim Packen. Man muss alles sauber verstauen damit man es wiederfindet. Ordnung muss sein“

„Nee, ich nehme lieber den großen Rucksack, den ich von Opa zum fünfzehnten Geburtstag geschenkt bekommen habe. Der ist praktischer und da geht genauso viel rein!“

Am besten frage ich Abdulnasir, meinen neuen Freund aus der Moslembruderschaft, den treffe ich am Wochenende auf einem aufbauend islamischen Seminar. Der weiß, was ich alles für meine Reise brauche. Diese streng gläubigen, salafistischen Moslems sind meine neuen Freunde. Sie geben mir das Gefühl von Geborgenheit. Man ist in dieser Gruppe nicht alleingelassen. Jeder steht für den anderen ein. Man teilt sein Hab und Gut und seine Gefühle miteinander. Hier fühle ich mich endlich wohl und bin so oft es geht mit ihnen zusammen.

Wir beten intensiv und leben gottgefällig miteinander. Diskutieren über den Koran und die Ungerechtigkeit, welche die Andersgläubigen unseren Brüdern und Schwestern im Irak und in Syrien antun, das sind wichtige Themen. Hier bekommt mein Leben einen tieferen Sinn. Dies ist eine wahrhaft gerechte Sache. Abdulnasir will mir dann auch noch den gemeinsamen Reisetermin unserer sechsköpfigen kleinen Gruppe mitteilen. Wir haben uns schon mehrmals getroffen und sind mittlerweile ganz heiß um in den heiligen Kampf, den Dschihad gegen die Ungläubigen und Verräter in Syrien anzutreten.

Endlich mache ich was Sinnvolles. Endlich kommt Schwung in mein Leben. Die Route über die Südost-Türkei bei Antakya und dann nach Syrien ist noch nicht ganz geklärt. Möglicherweise geht es nächstes Wochenende schon mal in die Türkei mit einem Ferienflieger nach Antalya. Hierzu reicht ein gültiger Personalausweis, dann werden wir weitersehen.

„Die Reise nach Syrien dauert nur ein paar Tage. Ich bin schon oft dort gewesen, null Problemo",
meint Abdulnasir, er weiß Bescheid, er weiß auch bestimmt was ich für diese Reise brauche, er hat schließlich Erfahrung.

„Nimm nur das nötigste mit, dein Waschzeug, Zahnbürste, Handtücher, Unterwäsche, Schuhe und ein paar Klamotten für kaltes und warmes Wetter. Den Rest kriegst du in Syrien."

Die Reise mit dem Ferienflieger von Leipzig nach Antalya ist kein Problem. Für mich Hinterwäldler ist es die erste Reise außerhalb Deutschlands. Laufend habe ich Angst mich zu blamieren. Also habe ich immer geschaut was machen die anderen. Dadurch bin ich überhaupt nicht aufgefallen. Wir, sechs junge tatendurstige Männer aus Sachsen und Brandenburg, haben uns mittlerweile schon gut angefreundet und verstehen uns sehr gut. Fast ausgelassen ist unsere Stimmung. Abdulnasir hat als Reiseleiter die Fäden in der Hand und auch als einziger genügend Geld um die Reisekosten zu begleichen. Seine Erklärung hat er parat:

„Dieses Geld stammt von Spenden unserer Brüder und Schwestern aus Deutschland, welche unseren heiligen Krieg unterstützen."

Nach zwei Übernachtungen, in einem billigen Hotel in Antalya, fahren wir frühmorgens vom Busbahnhof los. Der Fernreisebus von Metro Turizm ist recht komfortabel eingerichtet und mit zwanzig Euro pro Person auch preisgünstig. Für die Strecke von Antalya nach Iskenderun mit knapp siebenhundert Kilometer brauchte er fast vierzehn Stunden. Wir sitzen im Bus verteilt um nicht als Gruppe erkannt zu werden. Abdulnasir meinte:

„Wir sollten nicht auffallen, wir benehmen uns wie normale Touristen. Wir treffen uns möglichst wenig und sprechen nur das nötigste untereinander. Wenn einer eine Frage hat, sollte er immer nur einen ansprechen. Derjenige gibt dann die Frage nach einer zeitlichen Distanz weiter. Es sollten möglichst maximal drei von unserer Gruppe auf einem Haufen stehen!"

Nach mehreren Stopps unterwegs füllte sich der Bus streckenweise mehr oder weniger. Da viele Familien diese günstige Verbindung nutzten ist es manchmal schon laut und lebhaft im Bus. Die Meisten haben immer ein großen Haufen Gepäck dabei. Der Kofferraum im Bus ist bereits übervoll, so dass viel Gepäck zwischen den Sitzen und Gängen herumsteht. Das schlimmste für mich ist der ungewohnte Knoblauchgestank. Immer ist einer am Essen oder Trinken und eine neue Welle von Gerüchen schwappt durch den Bus.

Abends kommen wir erschöpft und müde in Iskenderun an. Hier kennt Abdulnasir sich gut aus. Im Altstadtbereich ziehen wir für drei Tage in eine Altbauwohnung eines guten Bekannten von ihm. Er spricht ihn mit Namen Mehmet an.

Diese Wohnung ist sehr spartanisch aber ordentlich und sauber eingerichtet. Unsere zerstückelte deutsche Gruppe zieht, in der Zeit des Wartens, mehrmals durch die quirligen Gassen mit vielen kleinen Geschäften. Wir gehen immer einzeln oder in kleinen Gruppen mit maximal drei Personen. An der Küste entlang verläuft eine, von Palmen gesäumte, lange schicke Promenade.

Auch den Hafen finde ich sehr interessant. Hier liegen oder fahren einige größere Frachter und Passagierschiffe und viele kleine Boote. Wir wähnen uns bei diesem milden Klima im Urlaub. Hier kann ich mich richtig und wohlig entspannen. Beim Abendgebet, in einer kleineren Moschee in diesem Viertel, treffen wir noch zwei andere Gruppen aus England und Ägypten mit dem gleichen Ziel. Abdulnasir, die meisten sprechen ihn jetzt mit Abdul an, er hat nichts dagegen, organisiert unsere gemeinsame Weiterreise. Nach drei Tagen geht es dann mit dem Linienbus weiter in die Nähe von Antakya. Dort holt uns ein kleinerer alter klappriger Bus, an verschiedenen vereinbarten Punkten, in der Stadt ab.

„Bald sind wir bei unseren Brüdern, es ist nicht mehr weit, dann haben wir es geschafft!"
Tröstet uns Abdulnasir um uns neue Hoffnung zu machen.

Kapitel 3

„Hey, Abdul, das war voll die Härte, jetzt muss ich erstmal meine Knochen sortieren. Guck mal, wie die Gestalten vom Laster kriechen, die achtzig-jährigen aus dem Altersheim sind oft fitter. Mann was tut mir der Arsch weh, von dem Geschaukele"

Dies sind meine ersten Worte nach dem ich als erster von der LKW Ladefläche gestiegen bin und meinen Rucksack mühsam auf den Rücken hieve. Der Beifahrer Abdulnasir hat es im Führerhaus bequemer gehabt, musste sich aber auch erst mal recken:

„Joh, joh war ein harter Ritt, aber wir sind erst mal am Ziel unserer Reise. Mir reicht's auch."

Wir sind am frühen Morgen des Vortages von Antakya mit dem Bus zur Türkisch-Syrischen Grenze gefahren. Dann über Schleichwege überschritten wir die Grenze in kleinen Gruppen zu Fuß durch eine anmutige hügelige Landschaft mit Oliven und Mandelbäumen zu einem kleinen Dorf. Dann sind wir, gegen Mittag von einem Lkw, in der Nähe eines alten verlassenen Steinbruches, abgeholt worden und den Tag und die Nacht ohne große Pausen durchgefahren.

Endlich ist unsere kleine Gruppe im Lager in der Nähe von Mossul in der versteckten Bergschlucht angekommen. Eigentlich wollten wir nach Syrien um die muslimischen Brüder im Kampf gegen Assad zu unterstützen, aber

Abdulnasir hat andere Order bekommen. Beim Vormarsch der ISIS im Irak ist ein Ausbildungskamp der Irakischen Armee in der Provinz Ninive überrannt worden und hier bestehen die absolut besten Trainingsmöglichkeiten für moderne Krieger. So stellt es Abdulnasir jedenfalls glaubhaft dar. Daher befinden wir uns jetzt auf irakischen Boden. Aber bei der Ankunft sah ich nur ein paar Zelte zwischen den Ruinen und einige, gut getarnt, versteckte Bunker am oder auch im Felsen. Die stolze schwarze Fahne der ISIS wehte am Rande eines staubigen großen Exerzierplatzes. Hier waren vor kurzem noch die irakische und davor die amerikanische Armee zu Hause. Auch einiges Material und gut ein Dutzend ältere Fahrzeuge stammen aus dieser Zeit. Am anderen Ende des Platzes umranden einige Übungsgestelle und Gerüsttürme das Areal.

Es ist noch früh am Morgen, gerade geht die Sonne im Osten auf. Unsere Gruppe der, völlig übermüdeten und von der Fahrt durchgeschüttelten, Neuankömmlinge steht verloren auf dem Platz. Die ganze Nacht sind wir durchgefahren und die Piste ging durch zum Teil unwegsames Gelände. Auf dem offenen LKW ist es bitterkalt und staubig gewesen. Die Klamotten und das bisschen Gepäck, was uns noch verblieben ist, sind mit Sand durchdrungen und bedeckt.

„Ihr wartet hier, ich komme gleich wieder, rührt euch nicht vom Fleck",

hat Abdulnasir uns angewiesen und verschwindet in einen der Zelte. Nach einer Weile kommt er laut diskutierend mit zwei schwarz gekleideten ISIS Offizieren auf uns zu. Wir stellen uns

in einer losen Reihe auf. Der Vollbärtige hält, auf irgendeiner arabisch klingende Sprache, zuerst eine lange Rede und Abdulnasir übersetzt ins Deutsche und Englische.
„Salam Aleikum“
„Aleikum essalem“
Naja, Begrüßung, herzlich Willkommen, wir machen aus euch die besten Soldaten der Welt, der Sieg ist unser, Allah ist groß und viel bla, bla, bla.

Dann ergriff der etwas kleinere, muskulöse mit einem Ziegenbart, auf Deutsch, das Wort und stellte sich als unsere Ausbilder Majid vor:

„Eure Entscheidung mit uns zu kämpfen war das Beste was ihr jemals in eurem bisherigen beschissenen Leben getan habt. Euch den Kämpfern von unseren erhabenen Propheten Mohammed im Namen Allahs anzuschließen, bringt euch der ewigen Glückseligkeit näher und erlöst euch von der ewigen Verdammnis der Höllenqualen. Wir werden den Willen Allahs durchsetzen und euch zu hervorragenden Kämpfern ausbilden. Gepriesen sei Allah“

Er hätte noch weiter geschwollen dahergeredet aber der Muezzin, beziehungsweise der Lautsprecher, rief zum Morgengebet vom höchsten Gerüst am Rande des Platzes und wir machten es dem schwarzgekleideten Vollbärtigen gleich und knieten in grober Richtung Süden nach Mekka. Zumindest nahm ich an, dass er wusste in welcher Richtung Mekka lag.

Wir versammeln uns vor einem Bunker um unsere Kleidung zu tauschen. Schließlich können wir nicht als buntgekleidete Touristen in den Kampf ziehen. Einer der Glaubenslehrer bringt uns die Ernsthaftigkeit unseres Kampfes bei.

„Wir sind die Glaubenskrieger gegen die Ungläubigen und Koranverräter. Dieses Land, worauf wir gerade stehen, ist jetzt unser, mit unserem teuren Blut, erobertes heiliges Land, der glorreiche Islamischer Staat. Dazu gehören der absolute Gehorsam und Treue zu Allah und die Worte seines Propheten Mohammed einzuhalten. Wenn du einen Kampf überlebst, hat Allah dich gesegnet, stirbst du im Kampf gehst du als Märtyrer direkt in den Himmel, in die Ewigkeit."

Um unsere Ernsthaftigkeit und unsere Entschlossenheit zu bekräftigen beschwört er uns, mit unserer sündigen Vergangenheit zu brechen. Hierzu gehört der Kleidungswechsel, Verzicht aller persönlichen Sachen die nicht dem Kampf dienten sowie eine neue gottgefällige Ausrichtung unserer Identität. Dazu gehört auch dass wir unsere Pässe und Personalausweise feierlich verbrennen.

Wir sind in unserer neuen Heimat dem „Kalifat Islamischer Staat" angekommen. Hier befolgen wir ausschließlich nur die Gesetze des Korans. Hier brauchen wir diese Imperialisten-Dokumente nicht mehr.

Ich, Manfred, werde nun endlich erwachsen, heiße ab sofort Kalil und dies bedeutet so viel wie: „guter Freund."

Spät in der Nacht wache ich auf und musste dringend aufs Klo. Mir ist richtig speiübel. Die heiße, aber fett und scharfe, Suppe mit Hammelfleisch, vom Abendessen, hat mir ein Rumpeln in den Gedärmen erzeugt und diese will nach oben oder nach unten raus. Ich gehe ins dunkle Freie und suchte die Latrine. Ein Wächter leuchtete mir ins Gesicht und sprach mich an. Ich verstehe kein Wort. Ich deute mit der Körperhaltung an was mich bedrückte und er bringt mich zum Ort der Erleichterung. Die Latrine ist ein Donnerbalken über einer offenen Grube und stinkt zum Himmel. Dieser Himmel zeigt sich heute Nacht mondlos aber voll funkelnder Sterne. Nachdem ich mein dringendes Geschäft erledigt habe, gehe ich ein paar Schritte und schaue nach oben. Durch die äußerst sparsame Beleuchtung des Camps kann man die wunderbare Pracht des Firmaments besonders deutlich sehen. Der Mond ist nur als dünne Sichel am Rand des Horizontes im Westen schwach zu erkennen. Ich erkenne nur wenige Sternbilder, schade, mich hat das vorher nie besonders interessiert. Haben die Sterne nicht alle einen Namen? Irgendwann werde ich das mal lernen! Hier draußen ist eine himmlische Ruhe und Frieden. Mir wird es trotzdem langsam zu kalt und ich gehe wieder in Richtung der Zelte. Was ist das für ein Geräusch? Ich zucke vor Schreck zusammen und drehe mich um. Aus Richtung der hintersten Bunker höre ich, undeutlich und weit entfernt mehrere Frauenstimmen schreien und quälendes, rhythmisches Stöhnen. Ich halt inne, jetzt werden die Frauenstimmen von anderen Geräuschen aus dieser Richtung überlagert. Ein schwacher aufflackernder

Lichtschein verrät mir jetzt die Lage des Bunkers. Dann kommt eine Männergestalt aus dem Lichtschein des Bunkers, er bleibt draußen stehen und richtet seine Kleider. Ich gehe verstört zum Zelt zurück. Der Wächter hat mich inzwischen wieder gesehen und leuchtet mir mit seiner Taschenlampe den Weg. Ich verkrieche mich frierend wieder unter meine Decke. Nun komme ich ins Grübeln. Frauen habe ich bisher nicht gesehen im Camp. Das sind doch Stimmen von Frauen gewesen? Was machen diese Frauen im Männerlager? Mir fällt keine Erklärung ein. Trotz meinen Überlegungen falle ich langsam in einen unruhigen Schlaf.

Der Muezzin vom Gerüst ruft über Lautsprecher zum Morgengebet kurz vor Sonnenaufgang. Verschlafen kriechen die neuen Krieger aus ihren Zelten und sammeln sich auf dem großen Platz zum Gebet. Es ist ein bunter Haufen aus verschiedenen Nationalitäten wie Deutsche, Engländer, Franzosen, Iranern, Österreicher, Portugiesen, Ägyptern, Belgier und zwei Amerikaner. Viele haben muslimische Eltern oder sind Emigrantenkinder. Die meisten der insgesamt siebenundfünfzig Neuen sind zwischen fünfzehn und zwanzig Jahre alt. Zum Frühstück gibt es einen großen Becher schalen Kaffee und zwei Scheiben Toastbrot mit Aprikosen-Marmelade. Für unterwegs reicht man jeden eine Apfelsine, einige getrocknete süße Feigen, zwei Müsliriegel und eine Flasche Wasser. Einer der deutschen Neulinge brüllt:

„Jetzt gibt's richtige geile Knarren, ab jetzt wird scharf geballert, auf in den Kampf, ihr Helden!"

Wir fahren ins fünf Kilometer entfernte Außencamp, ich habe schon geglaubt wir sind im Außencamp. Bisher haben wir unsere Nahkampfschulung und Geländeübung sowie das Kraft- und Fitness-Training nur in der unmittelbaren Umgebung absolviert. Hier draußen befinden sich auch einiges an Übungs- und Turngeräten sowie der in die Schlucht ragende Schießstand. Aus dem Bunker nahe dem Schießstand tritt ein Offizier, der uns anweist in Reihe Aufstellung zu nehmen. Jeder von uns Neulingen bekommt ein Sturmgewehr und einhundert Schuss Munition ausgehändigt. Zwei lustige Gesellen nehmen ihre ungeladene Waffe und ziehen eine Show ab. Sie richteten ihre Waffen in Richtung Schlucht, halten sie in der Höhe der Hüften und brüllen lautstark:

„Wo sind die Kanaken, Tack, Tack, Tack, Tack, ich will sie killen, Tack, Tack, Tack, ich schlachte sie ab, Tack, Tack, Tack, kommt her, wir machen euch alle."

Sie verhielten sich albern, wie heranwachsende Kinder. Ich denke, die haben sich in der Vergangenheit zu viele Videospiele reingezogen. Einer der Ausbilder stürzt auf die beiden zu und macht sie regelgerecht zur Sau. Wie begossene Pudel stehen sie da. Zur Strafe über ihr ungebührliches Verhalten dürfen sie drei Runden über den staubigen Platz mit vorgehaltenem Gewehr in niedrigster Gangart, das heißt am Boden liegend kriechend, umrunden. Danach hat sich deren und damit auch unser aller Übermut erstmal gelegt.

Zuerst werden wir von drei weiteren Ausbildern, welche inzwischen mit einem Jeep angekommen sind, mit den

Waffen vertraut gemacht, bevor die ersten danach mit Schießübungen beginnen. Ich und auch viele andere haben zum ersten Mal in ihrem Leben eine scharfe Schusswaffe in der Hand. Wir schießen auf Pappscheiben welche einen Kämpfer-Umriss zeigt. Nach jeweils zehn Schuss gehen wir zur Pappscheibe zählen die Treffer und kleben die Löcher mit Klebepads wieder zu.

„Na, großer Held triffste schon die Füße, willste den Feinden Beine machen?",
frotzelte mein Nachbar auf dem Schießstand. Ich antworte spöttisch:

„Du Penner, du wirbelst doch nur den Staub rundherum auf, willst den Gegner wohl einnebeln?"

In den nächsten Tagen kommen wir öfters hierher um auch mit Maschinengewehr, Panzerfaust, Mörsergranaten, Raketenwerfer Fadschr-5, Granatwerfer oder Flammenwerfer zu trainieren. Man hält uns auf Trab, mittlerweile werden wir fit.

Nach über lange acht Wochen, täglich von morgens bis abends, trainieren im Nahkampf, üben an verschiedenen Waffen und ideologischer Unterrichtung , Gebeten, Koranschulungen kommt Majid mein Ausbilder und Hauptkontaktperson zu mir:

„Salam Aleikum, Kalil mein Freund, kommst Du bitte mal mit zum Lager-Kommandeur, wir müssen etwas besprechen?"

„Aleikum essalem, Majid mein Bruder, ich zieh mir nur etwas über, dann folge ich Dir, einen Moment, bin sofort da" ist meine Antwort. Mir ist kalt und ich brauchte einen Umhang zum Überziehen.

Jetzt nach dem die Sonne untergegangen ist, kann es am Ende des Winters draußen noch bitterkalt sein. Der Lager-Kommandant hat seine Unterkunft in einem der Bunker an der anderen Seite des großen Platzes. Er begrüßt uns in seinem, doch ganz passabel eingerichteten, Büro. Wir nehmen Platz, neben zwei Kämpfern aus einer anderen Gruppe und deren Ausbilder. Er unterhält sich mit uns über belanglose Sachen und bietet uns höfflich einen frischen, starken Tee an. Draußen fährt ein Kleinbus vor und ein anderer, mir nicht bekannter Offizier und sein Fahrer kommt herein. Wir alle stehen auf und begrüßen ihn. Nach einer weiteren Runde Tee, einigen netten Floskeln und mittlerweile auch süßem Gebäck, kommt unser Lagerkommandant zum Kern-Thema:

„Also meine drei Kämpfer, eure Grundausbildung ist jetzt beendet. Eure Ausbilder haben euch nach besonderer Eignung ausgewählt. Die besondere Eignung besteht aus unbedingter Disziplin, handwerkliches Geschick, Kenntnisse der Elektrotechnik und Physik sowie verantwortungsvoller Umgang mit Munition. Können die Ausbilder dies bestätigen.“

„Ja, das können wir bestätigen, das haben wir überprüft, für unsere Leute legen wir die Hand ins Feuer, es sind prima Jungs, sehr geschickt und echte Kämpfer“,
geben sie ehrlich zur Antwort.
Der Kommandant erteilt dem anderen Offizier das Wort:

„Also meine Soldaten, ihr habt vernommen eure Ausbilder halten euch für Fähig. Ab sofort untersteht ihr mein Kommando. Wir sind eine Spezialeinheit welche sich mit Sprengstoff, Minen, Sprengstoff-Fallen, Objektsprengung und Personenangriff durch Märtyrer beschäftigen. Das ist eine hochbrisante und nicht ungefährliche Angelegenheit. Aber für unseren heiligen Kampf ist dies äußerst effektiv und wirkungsvoll. Hierzu kann ich nur furchtlose, intelligente und absolut zuverlässige Soldaten gebrauchen. Seid ihr dazu bereit."

Natürlich sind wir das. Endlich eine richtige Aufgabe. Dies bedeutet natürlich sofort unsere sieben Sachen zu packen und mit Ihm durch die Nacht in ein anderes Lager zu ziehen. Gegen Morgengrauen kommen wir in einer einsamen Felsschlucht im Syrisch-Irakischem Grenzgebiet an. Hier ist es zwar weltabgeschieden aber es gibt recht passable massive Baracken als feste Unterkünfte und relativ gutes Essen in einer ehemals geheimen Militärbasis. Fachleute als auch die besten Spezialisten aus Afghanistan, Libyen, Algerien, Tschetschenien, Pakistan und dem Irak sind hier am Werk. Hier wird geforscht, experimentiert, getüftelt und gebastelt nach neuesten Methoden. Die Vielfalt und der Erfahrungsaustausch von Spezialisten aus den aktuellen Kriegsgebieten dieser Welt bringen die neuesten Erkenntnisse der Vernichtungsmaschinerie hervor. Es ist die Entwicklungsabteilung des Todes schlechthin.

Alles was irgendwie explodieren kann, möglichst großen Schaden anrichtet, wird hier gelagert und zum Teil auch zusammengemixt oder hergestellt. Alle möglichen Zündmechanismen stehen zur Verfügung. Ob elektrisch, mechanisch, chemisch, magnetisch, infrarot oder optisch ausgelöst und gezündet wird, entscheidet der Einsatzort und Zweck der geplanten Explosion. Perfide Gerätschaften um möglichst effektiv zu töten endstehen hier. Sprengstoff-Fallen verbunden mit Metallschrott gefüllten Rohrbomben, Landminen aller Art, als Spielzeug getarnte Zeitzünder-Bomben, Anzüge mit Sprengstoffgürtel, Briefbomben mit komplizierten Zündmechanismen, mit Sprengstoff präparierte Lkw und Pkw, eben alles was mit Dynamit, Plastiksprengstoff, Anfo, Hexogen, C4 oder Semtex, Nitropenta und TNT sich alles bauen lässt. Alles was man für Geld kaufen kann wird herbeigeschafft. Die Ausrüstung und technische Einrichtungen sind auf neuesten technologischen Stand. Natürlich wird am Ende der Schlucht auch einiges getestet und hochgejagt um nichts den Zufall zu überlassen. Um einigermaßen diese tödliche Vielfalt zu überblicken, werden wir sehr intensiv und gewissenhaft geschult. Zwischendurch wird, nach jeden Ausbildungsabschnitt, mit Sprengtests im Canyon unsere Fähigkeit überprüft.

Gegen Ende der Ausbildung kommt noch der umgekehrte Part praxisnah zu unserer Tätigkeit hinzu. Wir müssen Sprengfallen und Landminen, welche unsere Ausbilder gelegt haben aufspüren und entschärfen. Zuerst sind es Attrappen dann aber auch kleinere ungefährliche Ladungen und zum Schluss wird es purer Ernst mit scharfen hochexplosiven Sprengsätzen. Da gibt es manchen Schweißausbruch und der

Blutdruck steigt, so dass man die Halsschlagader pochen sieht. Aber unsere Spezialisten haben die Ruhe weg und zeigen uns jeden Trick um den sicheren Tod zu entgehen. Für sie ist dieser Nervenkitzel mit Hochleistungs- oder Extrem-Sport vergleichbar mit einem Glücksgefühl am Ende einer gelungenen Aktion. Bei uns Neulingen geht beim Zusehen schon der Stift. Aber wir werden von Tag zu Tag sicherer. Jedes Mal steigt mit dem Schwierigkeitsgrad der Adrenalin-Spiegel höher. Der Nervenkitzel bringt uns in Höchststimmung, wir sind die wahren Helden, die absolut Größten. Herren über Leben und Tot.

Einige Male sind wir noch gemeinsam zu Einsätzen gefahren. Mit Vorplanung, Installation, Durchführung und Erfolgskontrolle sind wir meistens mehrere Tage als Touristen, Reporter oder Flüchtling getarnt unterwegs. Einige Arten von Sprengfallen bringen wir im Schutze der Nacht auf den Zufahrtswegen der feindlichen Truppen an. Auch in der Nähe von Ortschaften werden große Gebiet von uns vermint um dem Feind eine Rückeroberung zu erschweren. Nach der Rückkehr wird das gefährlich Thema nochmals eingehend diskutiert und neue Erkenntnisse daraus gewonnen.

Nun können wir endlich allein operieren und werden wieder neu auf verschiedene Einheiten verteilt. Der Kontakt zu dieser Basis bleibt aber trotzdem erhalten. Zum einen lagert hier in unterirdischen Bunkern sicher verwahrt eine große Menge von Sprengstoff für unsere Operationen, zum zweiten ist hier ein Archiv vorhanden von bereits verminten Gebieten und zum dritten laufen hier die Fäden von Informationen über die neuesten Sprengtechniken unsererseits und unserer Feinde zusammen.

Gestern habe ich Nasim (Paul)wiedergetroffen. Er ist als Neuling bei der Sprengstoffschulung eingetroffen und soll dieselben Kurse absolvieren.

„He, Kalil wie steht's, bist ja schon länger hier, macht's Spaß beim Bombenkommando?"

„Na klar, ist ne geile Sache. Ist zwar gefährlich, macht aber irre Spaß. Sei aber trotzdem besonders vorsichtig sonst kommst du schneller zu deinen Jungfrauen als dir lieb ist!"
Wir haben uns noch ein paarmal beim Essen und nach Feierabend gesehen. Aber ich hatte inzwischen schon wieder neue Betätigungsfelder zugewiesen bekommen und musste mich verabschieden. Ich habe ihm viel Glück und eine ruhige Hand gewünscht. Später habe ich ihn, zu meinem Bedauern wieder aus den Augen verloren.

Unsere Spezialisten Kurs verabschiedet sich untereinander und Nasim ruft uns bei der Abfahrt sarkastisch zu:

„Angenehmen Bombentot wünsche ich euch! Wir sehen uns wieder, wenn im Himmel die Jungfrauen verteilt werden, ich komme später nach, hebt mir noch ein paar Hübsche auf!"

Kapitel 4

Gegen drei Uhr morgens, es ist noch stockdunkel, brechen wir auf. Am Tage davor haben wir schon alles vorbereitet und geladen. Nach einem heißen Tee und etwas süßen Gebäck aus der Hand werden wir langsam wach und besteigen die Fahrzeuge. Die IS Kampftruppe besteht aus vier Toyota Hillux Pick Up, bestückt mit Maschinengewehren russischer und amerikanischer Bauart, sechs Honda Geländemotorräder und einem englischen Radpanzer mit einer Schnellfeuerkanone sowie einen Lieferwagen mit weiteren Kämpfern. Kalil (Manfred) und Gafur (Benni) fährt auf dem ersten Geländewagen mit. Nasim (Paul) hat den Sprenglehrgang mittlerweile beendet, aber sich vor zwei Tagen bei einer Übung am Arm verletzt.

„So eine Scheiße, jetzt wo es richtig zur Sache geht, kann ich nicht mit!“

„Gestern bin ich beim Training auf dem Gerüst ausgerutscht und in einem Container mit Schrott gelandet.“

Eine Fleischwunde am Oberarm musste genäht werden, er ist noch nicht einsatzfähig, ist aber trotz Schmerzen aufgestanden und verabschiedete sich von Benni und mir. Er wäre zu gerne mitgefahren.

Zuerst folgen wir der Hauptstraße in Richtung Al Qa’im, anschließend durch eine felsige Wüste um über die syrische Grenze zu gelangen.

Die Fahrer fahren zügig über einem eher schlechten Feldweg ähnelten Nebenstraße. Die Sitze der Fahrerkabine sind gepolstert und gefedert aber hinten auf der Ladefläche hocken wir, nur durch ein paar alte Jutesäcke geschützt, auf dem blanken Blech. Hin und her werden wir geschüttelt, überall haben wir bereits blaue Flecken aber einen echten Kämpfer darf sowas nicht erschüttern. Meinen Sprengstoffvorrat habe ich getrennt von den Zündern und Werkzeugen sicher in Alukisten verpackt. Diese Kisten sind auf dem Lieferwagen gut verstaut und festgezurrt. Einige Stunden später erreichen wir das Kampfgebiet in der Nähe von Deir al-Zour.

Nun wird langsamer und vorsichtiger gefahren, da sich auch in den Vororten und einzelnen Gebäuden am Wegesrand noch versprengte reguläre Soldaten des Assad-Regimes oder andere uns nicht wohlgesonnene Rebellentypen befinden können. Je näher wir der Stadt am Euphrat in Syrien kommen, je lauter wird das Geräusch von explodierenden Granaten und dem tackern der Maschinengewehre. Wir halten an einer geschützten Stelle zwischen einigen Felsen kurz an zum Gebet und um etwas zu essen und zu trinken.

Der Kommandeur unserer Truppe feuert uns mit einer unglaublichen Siegesgewissheit an. Wir sind die wahren Helden die den endgültigen Sieg über die Ungläubigen erringen werden, beschwört er uns. Und falls wir im Kampf getötet werden, der Himmel, mit all seinen Glückseligkeiten und Verzückungen, stehen für uns, die wahren Gottes-Krieger, weit offen. Wie im Freudentaumel brechen wir auf in die Schlacht. Durch Funkkontakte werden wir an den südlichen Stadtrand geleitet. Hier nimmt uns ein einheimischer IS-Kämpfer auf einer Geländemaschine in Empfang.

„Salam Aleikum“

„Aleikum essalem“

Dieser erklärt uns die Lage und unsere Aufgabe. Langsam tasteten wir uns mit ihm vor um näher an den, etwas ungenauen, Frontverlauf zu kommen. Mitten im teilweise zerschossenen Häusergewirr gehen wir in Stellung. Nicht weit von uns kann man schon das Minarett der Al Fateh Moschee erkennen. Geduckt hinter dem gepanzerten Radpanzer näherten wir uns der umkämpften Stadtmitte. Der Radpanzer stoppt, wir gehen vor diesem, aber hinter Stein- und Schutthaufen in Stellung. In geringer Entfernung blitzt aus einem der oberen Geschoße der gegenüberliegenden Häuser Mündungsfeuer auf.

„Alles in Deckung, Köpfe runter, unten bleiben!“, schreit unser Anführer, während rundherum die Kugeln einschlagen und den Straßenstaub aufwirbeln.

Sofort antwortet die Schnellfeuerkanone des Radpanzers. Mit unseren Sturmgewehren unterstützen wir die Gegenwehr indem wir gezielt, aus der Deckung heraus, auf jedes Mündungsfeuer zurückschießen. Die Einschläge lassen das Mauerwerk an den Hauswänden aufspritzen. Nach zwei Salven, auf die Fenster, verstummen die Mündungsfeuer. Nun belegen zwei vorgezogene Pick Up mit Ihren schweren Maschinengewehren die übrigen Stockwerke, eines anderen zehn Stockwerke hohen langgezogenen Gebäudes. Eine schwere Detonation erschüttert das Gebäude. Irgendeine Bombe, Sprengsatz oder ein Geschoß ist im Inneren des Gebäudes explodiert. Schwarzer Rauch steigt auf, der sich aber nach einigen ruhigen Minuten verzieht. Der Gegner ist entweder beseitigt oder hat sich zurückgezogen. Wir feuern einzelne Schüsse auf das Gebäude welche diesmal nicht erwidert werden.

Unser Kommandeur befiehlt uns nach weiteren zehn Minuten Ruhe, das Gebäude zu stürmen. Einer unser Kämpfer hat es am Kopf und in der Brust erwischt und liegt in einer Blutlache, wir rütteln an ihm, keinerlei Reaktion, er steht nicht auf, er ist tot.

„Wir holen ihn später"

ruft der Kommandeur uns zu, nachdem er ihn sich nochmals genauer angesehen und mit einer sandfarbenen Plane zugedeckt hat. Geduckt und immer unter Deckung von der anderen Hälfte der Gruppe, rennen wir in drei Etappen auf das Gebäude zu.

„Gruppe eins vorrücken in die nächste Deckung"

„Gruppe zwei nachrücken"

„Gruppe eins vorrücken in die nächste Deckung"

„Gruppe drei vorrücken in die nächste Deckung"

„Zweite Gruppe aufschließen"

„Gruppe eins vorrücken in die nächste Deckung"

„Gruppe zwei nachrücken"

„Zweite Gruppe nachrücken"

„Gruppe drei nachrücken"

So hallen die Befehle durch die Straßenschlucht.
Auf Grund der Gefahr beschossen zu werden, leuchtet uns die Sinnhaftigkeit dieses schrittweisen Vorgehens ein. Unsere Trainingsübungen auf dem Exerzierplatz waren also kein sinnloser Humbug gewesen.
Am Gebäude angekommen durchkämmen und sichern wir jedes Stockwerk ohne auf Gegenwehr zu stoßen. Unsere Gegner haben anscheinend die Flucht vorgezogen. Einige Leichen von dem feindlichen Scharfschützen liegen noch halb unter den Trümmern. Ein verletzter feindlicher Soldat liegt am Boden. Er feuert ungezielt und mit letzter Kraft auf uns. Wir gehen in Deckung. Mit dem gezielten Wurf einer Handgranate habe ich ihn erledigt. Das hat kräftig gerumst. Der schadet keinem mehr. Vorsichtig sichern wir ein Stockwerk nach den anderen.

Der Truppführer weist uns an, im vorletzten oberen Stockwerk uns zu verteilen und Stellung zu beziehen. Die Straße an beiden Seiten des Eckhauses und die Kreuzung muss für den Nachschub gesichert werden.

„Ihr schießt auf alles, was nicht das Zeichen des IS trägt, ihr seid unsere Versicherung, wir gehen unter eurem Feuerschutz weiter vor!“,

weist er uns an. Bewaffnet sind wir neben unseren Sturmgewehren mit zwei Maschinengewehren und zwei Panzerfäusten. Insgesamt acht Kämpfer haben sich in diesem, strategisch wichtigen, höchsten Gebäude des Viertels verschanzt. Der restlichen, verstaubten und zum Teil vom Kampf demolierten, Inneneinrichtung nach zu urteilen war dies ein Büro- oder Verwaltungsgebäude. Unsere schwarze IS Fahne weht nun stolz oben auf dem eroberten Gebäude. Der Rest der Truppe dringt in die Straßenzüge und Nebenstraßen ein um diese zu durchkämmen. Ich beobachte die östlich zum Euphrat führend Straße mit meinem Kalaschnikow Sturmgewehr AK107 durch das Präzisions- Zielfernrohr.

Die Ufer des Euphrat sind durch den grünen Uferbereich deutlich zu erkennen. Dieser hebt sich deutlich vom gelb-roten bis gelb-braunen Wüstenbereich ab, welcher an manchen Tagen kein Ende zu haben scheint. In diesem grünen Bereich mit Gras, Büschen und Bäumen würde ich mich wohlerfühlen als hier in der kargen Häuserschlucht. Hier gibt es, außer am Fluss entlang, höchstens mal dürres Gestrüpp, Felsen und Sand. In Deutschland ist es selbst im tiefsten Winter immer noch ein kleines bisschen Grün.

Heimatgefühle machen sich in den letzten Tagen bei mir immer stärker bemerkbar. Immer wieder frage ich mich, warum will ich unbedingt ein Kämpfer, ein Held sein. Ich habe mir dem glorreichen Sieg anders vorgestellt. Mein gutgläubiger Leichtsinn und jugendlicher Unbeschwertheit haben mir die Entscheidung leichtgemacht. Wenn mich jetzt eine Kugel erwischt oder eine Mine mich zerfetzt, komme ich dann in den Himmel und was soll ich anfangen mit den vielen Jungfrauen. Eine wird mir, denke ich, zum Anfang auch mal genügen. Bis jetzt habe ich mit meinen mittlerweile 18 Jahren damit noch keine richtige Erfahrung. Eine große Klappe habe ich zwar, aber gegenüber Frauen war ich eher schüchtern und unbeholfen.

Schön wäre es aber schon, jetzt so eine schöne zarte Jungfrau mit weiblichen Kurven und Rundungen an meiner Seite zu haben. Gedanklich kommt so ein wunderbares Wesen in einem durchsichtigen Gewand auf mich zu. Unter Ihrem hellen Gewand schimmerte ihr graziler nackter Körper durch. Ich möchte sie gerne berühren. Sie streckt mir ihre zarten Hände entgegen. Tolle Fantasien habe ich schon. Aber solch einen Vorschuss wird mir der Himmel wahrscheinlich nicht gewähren. So sinniere ich vor mich hin und lasse meine Blicke aber wieder pflichtbewusst auf die Straße und zerschossenen Häuser der näheren Umgebung schweifen.

Da ist sie wieder, die nackte Tatsache der Wirklichkeit. Vor einem, ungefähr 250 Meter entfernten, gelben Haus mit roten senkrechten Streifen bewegt sich eine Gestalt. Schnell reise ich mein Sturmgewehr hoch. Lege es auf die Fensterbrüstung und schaue durch mein Präzisions-Visier. Irgendwas wie ein Funkgerät hat er in der Hand. Er spricht hinein, fühlt sich unbeobachtet. Um das Haus herum steht noch eine teilweise intakte hohe Gartenmauer aus roten Klinkersteinen. Nun sehe ich eine zweite uniformierte Gestalt zwischen den Mauerlücken welche von Deckung zu Deckung huscht. Die beiden hantieren jetzt an einem Granatwerfer, zumindest kann ich ein Rohr erkennen. Ich stelle die Entfernung neu ein und ziele. Jetzt habe ich einen voll im Visier und drücke ab. Der Gegner zuckt zusammen und krümmt sich. Er ist getroffen. Ich setzte noch einen Schuss auf ihn und sehe ihn seitlich wegkippen. Ich habe ihn erledigt, er bewegt sich nicht mehr. Ein schauderndes, überlegenes

Gefühl steigt in mir hoch. Was bin ich doch für ein ausgezeichneter Schütze, ein richtiger Held. Wo ist der zweite Gegner abgeblieben und wo ist der Granatwerfer hin. Ich suche vergeblich mit meinem Zielfernrohr das Haus und die Gegend ab. Niemand ist zu finden.

Plötzlich blitzt aus dem zweiten Stock, des gegenüberliegenden Gebäudes mit den roten Streifen, Mündungsfeuer auf und das Mauerwerk vor und hinter mir staubt auf, Steine und Betonfetzen fliegen umher. Es ist gut dass ich heute einen Stahlhelm trage. Die Geschoße schlagen dicht neben mir ein. Ich habe mich schnell hinter die Brüstung geduckt und bin ein Fenster weiter links am Boden entlang gerobbt. Hier sind die verstaubten Scheiben noch intakt. Wenn ich die nun zerstöre, weiß mein Gegner wieder wo ich bin.

„Immer schön cool bleiben, erst Denken dann Handeln, wär doch schade um dich, wenn die dich hier erwischen!",
diese Gedanken sind in meinen Kopf. Ein Zimmer weiter sehe ich eine halb zerstörte Scheibe und blicke hier vorsichtig durch den offenen Teil durch. Mit dem Zielfernrohr sehe ich den Gegner nicht mehr. Aber als ich das Gebäude weiter suchend abtaste, erblicke ich ihn doch. Er befindet sich in einem höheren Stockwerk. Jetzt hantiert mit irgendeinem Gerät, ich kann es aber nicht richtig erkennen. Ich sehe ihn nur teilweise. Es könnte ein Fernglas sein? Nun versuche ich ihn mit einem Feuerstoß zu erwischen. Das umgebende Mauerwerk zeigt die Einschläge durch kleine Wölkchen. Er ist

weg, ich sehe ihn nicht mehr. Aber ich weiß nicht ob ich ihn erwischt habe.

An anderer Stelle im Stockwerk darüber blitzt Mündungsfeuer auf, welches ich mit einem Feuerstoß erwidere. Schnell ducke ich mich wieder hinter der Fensterbrüstung. Nun nimmt das Maschinengewehr, aus dem Stockwerk unter mir, bei dem sich auch Gafur befindet, den Gegner unter Beschuss. Das ganze Gebäude wird mit mehreren Salven belegt. Danach ist wieder Ruhe auf beiden Seiten eingekehrt. Ich beobachte weiter das Gebäude und die Umgebung. Alles ist ruhig, nur weiter entfernt höre ich noch einige Schüsse und MG-Salven welche die einsetzende Dämmerung durchdringen. Vom Stockwerk unter mir höre ich, wie das Maschinengewehr in ein anderes Zimmer geräumt wird.

Man ruft von unten im Treppenhaus nach mir:

„Kalil komm jetzt runter, wir verlegen unsere Stellung. Melde dich mal!“

„OK, Hab verstanden, ich komme sofort runter!“

Geduckt bewege ich mich zur Treppe um nach unten zu gelangen. Nach dem ich auf dem Zwischenpodest angekommen bin, höre ich ein näherkommendes, pfeifend, lautes Zischen und danach über mir eine ohrenbetäubende Explosion. Von der Druckwelle erfasst schleudere ich die Treppe hinunter und Gesteinsbrocken und Holzstücke fliegen mir um die Ohren. Ein Brocken trifft mich an der linken Schulter, ich gehe auf der untersten Stufe zu Boden. Nur noch ein Gedanke, will schnell aufstehen und weiter. Ich schreie dabei auf vor Schmerz und einige Sekunden später stürzt von oben eine Zwischenmauer auf mich runter, reißt mich wieder um und klemmt mir die Beine ein. Rund um mich ist alles ist voller Geschrei, Krach von herabstürzenden Gegenständen, Mauerteilen, Geröll und aufwirbelnder Staub. Ein beißender Geruch nimmt mir fast den Atem. Ich kann mich nicht mehr bewegen. Das auf mir liegende Teil der umgestürzten Mauer ist zu schwer. Kopfunter liege ich mit dem Gesicht nach unten, auf den unteren Treppenstufen. Ich kriege kaum Luft vor lauter herumwirbelnden Staub und Qualm.

Es blitz und kracht fürchterlich um mich herum. Das Gebäude bebt unter den Detonationen. Weitere Gesteinsbrocken treffen mich an Kopf und Schulter. Ein furchtbarer Schmerz und panische Angst lässt meinen Körper erzittern, alles dreht sich vor meinen Augen. Ich spüre nur noch das warme Blut durch mein Gesicht laufen. Dann wird es dunkel um mich.

Kapitel 5

März 2013

Ich, Manfred oder heiße ich Kalil, wache langsam auf. Zuerst nehme ich nur schemenhaft meine Umgebung wahr. Wie Schatten bewegen sich Gestalten im Raum. Ich höre Geräusche oder sind dies nur Stimmen. Aber ich versteht nichts. Alles ist verworren. Ich sehe wie durch einen Schleier Der Kopf brummte wie nach einer durchzechten Nacht. Der Hals und der Mund schmerzen, sie sind völlig ausgetrocknet, die Zunge klebte nicht einmal am Gaumen so trocken ist diese. Ich will mich räuspern, aber keinen Ton bringe ich hervor. Nur ein holpriges Krächzen kommt aus meiner schmerzenden Kehle. Langsam nehme ich meinen Körper wahr. Dieser scheint nur noch aus Schmerzen zu bestehen. Beine, Arme, Hände und Kopf wollen noch nicht in Bewegung geraten. Ich finde meinen Zustand so scheußlich, dass ich die Augen wieder schließe um abzutauchen in das Dunkle der Nacht aus der ich vor wenigen Minuten aufgewacht bin. Aber eine helle Stimme ruft ständig:

„Kalil wach auf, hallo Kalil aufwachen, nicht einschlafen"

„ Hallo Kalil aufwachen",

ich bemerke ein Berühren und Schütteln an den Schultern. Dies schmerzt mich so stark das ich aufstöhne und die verklebten Augen wieder aufschlage. Nun erkenne ich schwache Umrisse einer Person, welche mit jedem Blinzeln und Augenaufschlag seinerseits immer deutlicher zu erkennen ist. Langsam erkenne ich ein, halb verschleiertes, Frauengesicht welches mich weiterhin laufend anspricht mit: „Kalil, hörst du mich, Kalil nicht einschlafen, Hallo Kalil bleib wach“

Ich starrte sie an, diese fremde Frau, warum spricht diese auf akzentfreien deutsch mit mir, wo bin ich hier.

Ein in türkisfarben gestrichenem Raum, mit an zwei Seiten graublauen Stoffabtrennungen, umgibt mich. Ich liege auf einem Feldbett unter einem weißen Laken. Durch die Jalousien des Fensters blinzelt Sonnenlicht. Über mir baumelt eine große Infusionsflasche, daraus tropft eine klare Flüssigkeit in einen dünnen durchsichtigen Schlauch. Der Schlauch führt in eine Kanüle in meinen rechten unteren Arm. Was mache ich hier. Warum fühle ich mich so fertig, so schlapp, wie gerädert. Was ist passiert. Meine Augen irren wirr umher bis mich diese Stimme wieder anspricht:

„Hallo Kalil, schön dass du aufgewacht bist. Hast du Durst? Möchtest du was trinken? Sag doch was!“

Ich räuspere mich, der trockene Hals schmerzt und brennt.

„Ja bitte, bitte Wasser, Durst“,

bringe ich heißer und krampfhaft gequält hervor. Sie nimmt ihre Hand unter meinen Kopf und richtet ihn etwas auf

„Na also, mein Kämpfer Kalil, geht doch!“,

antwortet sie sichtlich erleichtert und entspannt, in dem sie mir warmen Tee reicht. Gierig schlucke ich die ersten Tropfen, es brennt mir im Hals aber ich spüre den Krampf welcher sich langsam löst. Ich beginne zu Husten, habe das Gefühl zu ersticken, wahrscheinlich ist etwas Tee in die Luftröhre geraten.

„Langsam, langsam mein Held, nicht so hastig, der Tee wird dir guttun, trink langsam, kleine Schlucke",
spricht sie beruhigend auf mich ein. Nach einigen Schlucken vom süßen Tee, nachfolgenden krampfhaften Husten und Räuspern finde ich langsam meine Stimme wieder.

„Wo bin ich, wer bist du, was mach ich hier",
frage ich mit gequälter Stimme und irre mit den Augen hin und her aufgeregt durch den Raum. Sie spricht mit ruhiger sanfter Stimme auf mich ein.

„Ganz ruhig, immer schön langsam, du bist hier in der Türkei an einem sicheren Ort, ganz ruhig, hier bist du sicher", antwortet diese, mir fremde Frau. Aber irgendwie habe ich doch etwas Vertrauen zu ihr. Sie spricht akzentfrei Deutsch, was mich allerdings irgendwie wundert, aber gleichsam auch ruhiger werden lässt.

„Mein Name ist Talibe, ich arbeite hier als Krankenschwester und gebe dir einen guten Rat. Frag nicht so viel, sei vorsichtig mit deinen Antworten, überlege genau was du und zu wem du etwas sagst. Hab Vertrauen zu mir, ich werde dir helfen so gut ich kann. Nun bekommst du noch eine Spritze von mir, dies macht dich ein bisschen müde. Achtung es piekst ein wenig. So, das hätten wir auch erledigt."

„Jetzt muss ich mich um die anderen Patienten kümmern, ich komme später wieder zu dir. Ruh dich erst mal aus. Tschüss", sagt sie zu mir und entschwindet hinter dem Vorhang.

Ich bin wieder allein und sortiere meine Gedanken und das fällt mir verdammt schwer. Diese bringen mich dazu gedanklich meinen Körper abzutasten. Was ist mit mir passiert. Ich fühle mich bewegungsunfähig und steif, wie in einem Schraubstock eingezwängt. Die Hände kann ich bewegen! Den rechten Arm auch! Was ist mit dem linken Arm? Warum fühlt der sich taub an und schmerzt so irre? Ich taste mit der rechten Hand den linken Arm hinauf und fühle einen starren Verband, beginnend am Unterarm, den Oberarm und einen großen Teil der linken Schulter sowie einen Teil des Brustkorbes.

Daher die Steifheit, großflächig eingepackt, wie ein Paket verschnürt. Am Kopf fühle ich eine Verbandbinde und weiter hinten am Kopf ein großes Verbandkissen, aber den Kopf kann ich ein bisschen und ziemlich eingeschränkt etwas drehen. Es fällt mir aber schwer ihn anzuheben und er brummt wie ein Bienenschwarm. Das rechte Bein kann ich, wenn auch mühsam, anziehen. Da ist anscheinend nichts behindert an der Beweglichkeit. Soweit ich fühlen kann, auch keinen Verband zu spüren. Warum spüre ich so einen Schmerz und Jucken im linken Bein. Ich fühle mit der rechten Hand, in dem ich mich krampfhaft stöhnend versuche etwas zu drehen und ertaste am Oberschenkel einen Gipsverband. Das Bein liegt auch höher als das rechte Bein, wahrscheinlich eine Art Unterlage oder Kissen. Vorsichtig hebe ich die Decke, unter der ich liege, etwas hoch und erblicke das Bein bis zum

Fuß in Gips. Mit dem rechten Bein ziehe ich die Decke etwas weg, quälend hebe ich den, immer noch hämmernden, Kopf, schaue krampfhaft nach unten und finde keinen Fuß am Ende des Gipses. Nur gerade aus und nur dünn endend. Wo ist mein Fuß? Ich kann den Kopf nicht weiter hochhalten und lasse ihn in das Kopfkissen plumpsen welches mich wieder vor Schmerz aufstöhnen lässt. Kraftlos lasse ich auch den rechten Fuß und die damit hochgehobene Decke wieder fallen. Panische Gedanken kreisen mir durch den Kopf, wo ist mein Fuß? Was ist mit mir passiert Ich habe das nicht richtig gesehen, mir schmerzt und kribbelt doch der Fuß und die Zehen. Ich spüre ihn doch, also ist er doch noch da. Meine Kräfte schwinden wieder. Die Spritze kommt zur Wirkung, die Schmerzen werden weniger. Ich sehe alles verschwommen und bin kurz drauf wieder eingeschlafen.

Wie viele Stunden ich geschlafen habe weiß ich nicht. Im Zimmer ist es noch dunkel und ruhig als ich aufwache. Hinter dem Vorhang höre ich ein eindringliches, rhythmisches Schnarchen. Zu anderen Seite, hier ist auch ein Vorhang bemerke ich ein Husten und Schniefen. Also sind mindestens noch zwei Personen im Zimmer. An der Decke erkenne ich einen schwachen Lichtschein der wahrscheinlich aus der spaltbreit geöffneten Tür kommt. Von dort kommen auch noch, wenn auch leiser, andere Geräusche und Stimmen. Von dort höre ich auch Schritte sowie ein leises Quietschen und Klappern, wie von einem Einkaufswagen im Supermarkt. Der Lichtschein wird etwas unterbrochen wenn jemand vorbeigeht. Aber sonst ist es recht ruhig, ich beginne wieder nachzudenken und schaue mich um sehe immer noch eine Infusionsflasche über mir baumeln. Diesmal ist sie fast noch voll und es tropft langsamer in den Schlauch. Ich muss pinkeln, ich spüre den Druck auf meiner Blase, ich will aufstehen aber es geht nicht. Die Schulter und der linke Arm pariert nicht und schmerzt bei Bewegung. Auch das linke Bein gehorcht mir nicht, ich kann es nicht bewegen.

Der Pulsschlag erhöht sich merklich. Verdammt, ich muss endlich pinkeln. Instinktiv fasse ich mir mit der rechten, beweglichen Hand zwischen die Beine und will den drohenden Harnfluss aufhalten, jetzt erst fühle ich die gläserne Flasche zwischen meinen Beinen. Ich muss jetzt sofort pinkeln. Aha, denke ich, die Leute haben für mich mitgedacht und Vorsorge getroffen. Mein schlaffer Penis steckt halb drin. Da ich bei meinem Dienst im Altenheim, den alten männlichen Patienten, oft die Flasche angelegt hatte, wusste ich auch um deren Bedeutung. Ich ziehe am Flaschenhals die Flasche näher an den Körper und lasse es pinkeln. Das tut gut. Jetzt wird mir der Begriff „Erleichterung" richtig bewusst. Durch die Erleichterung bin ich wieder entspannt, mein Pulsschlag geht langsam runter und ich schlafe langsam wieder ein.

„Guten Morgen Kalil, mein Held, aufwachen, die Sonne scheint schon über den Bergen, es gibt Frühstück, komm stärk dich, damit du wieder gesund wirst, mein Held", ruft Talibe voller Elan und zieht die Vorhänge an beiden Seiten zurück. Der helle Tag scheint durch das geöffnete Fenster und durchflutet den Raum.

Nun sehe ich auch das Nachbarbett von dem „Huster“, er sitzt bereits mit einer Tasse Tee auf dem Bett und trägt einen Kopfverband welcher ein Auge verdeckt. Er hebt die Hand und sagt:

„Hey, God Morning, Boy“,

lächelt er freundlich zu mir rüber.

Auch ich hebe die Hand zum Gruße und antworte mit:

„God Morning, Sir.“

Auf der anderen Seite liegt der „Schnarcher“ mit einem hochgebundenen verwickelten Beinstummel und leicht aufgestellten Kopfteil des Bettes. Er murmelt netterweise und gequält lächelnd irgendwas Arabisches in seinen grauen Vollbart.

Ich lächele genauso gequält zurück und versuche mit dem Kopf ein Nicken anzudeuten. Das gelingt mir auch nur, weil Talibe mir mein Rückenteil des Bettes bereits etwas aufgestellt hat. Talibe versorgt und kümmert sich um die beiden anderen Mitpatienten. Sie hat duftendes Frühstück mitgebracht. Nun beugt sie sich über mich, schüttelt und richtet mir wortlos das Kissen im Rücken. Dabei kommt sie mit Ihrem Kopf meinen Gesicht ganz nahe. Trotz des halb verhüllenden Schleiers sehe ich ihre blauen Augen und blonden Haare. Wie angenehm sie riecht. Nicht nach Parfüm, aber irgendwie angenehm frisch und sauber. Ich spüre ihren Atem auf meiner Haut während sie es mir bequem macht, trotz meiner misslichen Lage ist mir dies angenehm. Die Schmerzen sind noch da, aber durch die Spritzen und Medikamente welche der Infusionslösung beigegeben werden, sind diese irgendwie stark gedämpft.

„Danke Talibe, Danke"

bring ich gerade so noch über die Lippen während sie mir ein Tischchen mit meinem Frühstück in Reichweite meines rechten gesunden Armes stellt.

„Ist schon recht so",

sagt sie, während sie mir zärtlich über die rechte Hand streicht. Dann wendet sie sich dem vollbärtigen Schnarcher zu um diesen weiter zu versorgen. Ich lasse, wenn auch ungern, endlich die Augen von ihr, um mich meinem Frühstück zu widmen. Eine Scheibe Brot mit Käse, ein paar Weintrauben zwei kleine Melonenstücke und endlich eine Tasse Kaffee. Es ist lange her dass ich Kaffee getrunken habe. Irgendwie überkommt mich von dem herrlichen Kaffeeduft ein heimatliches nostalgisches Gefühl. Die Erinnerung an Oma und Opas letzten Kaffeekränzchen werden wach. Ich muss mir eine kleine Träne aus den Augen wischen.

In den nächsten Tagen komme ich mit meinen beiden Bettnachbarn und Leidensgefährten mehr ins Gespräch. Ich muss aufpassen und immer genau überlegen was ich sage. Verraten könnte ich meine wahre Vergangenheit und das könnte fatal für mich enden. Schließlich habe ich auf der anderen, äußerst unbeliebten feindlichen Seite gestanden. Die brutalen Gräueltaten der IS Kämpfer werden emotional und heißblütig von den Klinikinsassen diskutiert. Falls die beiden oder andere Patienten meine IS Vergangenheit herausbekommen, werde ich eines Morgens nicht mehr aufwachen. Dann bin ich garantiert ein mausetoter Manfred.

„Also, Manni sei wachsam und äußerst vorsichtig mit deinen Äußerungen“,
dies hatte mir Talibe dringend ans Herz gelegt. Wenn die anderen Patienten oder Pfleger auf meine Vergangenheit zu sprechen kommen benutzte ich eine Ausrede:

„Ich habe neun Tage im Koma gelegen und kann mich an nichts erinnern was vorher passiert ist. Nur das ich einen Krankentransport begleitet habe, das dämmert mir schwach. Ich bin wahrscheinlich Sanitäter.“

Ob man mir glaubte? Zweifel habe ich schon. Auch eine Gewisse Angst. Hoffentlich kann ich bald fort von hier.

Der Schnarcher erweist sich als Syrer, erst war er als Soldat in Assads regulärer Armee in einer Hubschraubereinheit als MG-Schütze gegen die Rebellen geflogen. Nach dem er erkannte, dass dieser auch seine Heimatdörfer angriff und er auf alles schießen musste was sich Assad in den Weg stellte, wechselte er die Seiten. Er wurde mit seinen Brüdern selbst zum Rebell. Er wollte diesen grausamen Diktator und sein Regime, diese zu besiegen helfen. Er hatte schon einige Monate mit seiner Gruppe erfolgreich gekämpft und ein Teil des Stammesgebietes zurück erobert. Eines Nachts beim Anschleichen an ein feindliches Militärdepot trat sein Kampfgefährt neben ihn auf eine Landmine. Er befand sich nur wenige Meter entfernt. Seinen Kameraden zerriss die Mine den gesamten Unterkörper, er war sofort tot. Dem

Schnarcher zerfetzte ein Splitter der Mine den rechten Unterschenkel. Ihm musste das Bein unterhalb des Knies entfernt werden. Auch hatte er durch die herumfliegenden Splitter einige Schnittwunden am anderen Bein und am rechten Oberarm. Die Schnittwunden waren bereits gut verheilt. Nur am Beinstummel wollte sich die Wunde, wegen einer Infektion, schwer schließen. Er würde wohl nicht wieder in den Kampf ziehen. Das bedrückte ihn merklich. Seine Zukunft schien ungewiss, da er nur widersprüchliche Nachrichten aus seinem Heimatdorf und der Region hörte. Aber erst musste er mal genesen, das nervte ihn, das machte ihn ungeduldig und wütend. Trotzdem betete er inbrünstig zu Allah und bekennt seinen tiefen Glauben zum Islam. Ich bin erstaunt wieviel Kraft und Zuversicht er aus den Lehren des Propheten Mohammed zieht. Er versucht mir zu erklären, dass der Islam eine friedliche Religion ist. Im Koran kennt er sich bestens aus. Er zitiert oft daraus um uns zu beweisen, welche Friedfertigkeit, Liebe und menschliche Achtung in den Versen zum Ausdruck kommen. Der Schnarcher bedauert immer wieder, dass einige religiösen Führer dieses heilige Buch anders interpretieren und auslegen. Die verschiedenen Glaubensansichten zwischen Schiiten, Sunniten, Jesiden, Alewiten, fundamentalistischen Islamisten und Salafisten verstärken, seiner Meinung nach, die regionalen Konflikte noch zusätzlich.

Mit dem Huster kann ich mich, auf Englisch, gut unterhalten. Auch hierbei erfahre ich einiges über das Glaubensleben von

Mohammedanern. Vor allem die persönliche Einstellung von Muslimen im westlichen Europa. Eigentlich ist der Wille stark sich friedlich zu integrieren aber nicht eine Anpassung um jeden Preis, erklärt er. Die historisch geschürte Angst der westlichen, christlich geprägten europäischen Welt macht die Akzeptanz dieser islamischen Minderheiten, seiner Meinung nach noch schwieriger. Interessiert höre ich auch seine negative Meinung zum „Islamischen Staat“ und deren gewalttätigen mörderischen Exzesse. An diesen Diskussionen beteilige ich mich äußerst zurückhaltend. Ich habe eine Heidenangst vor einer Enttarnung meiner Vergangenheit.

Der Huster entpuppte sich als ein Engländer mit syrischen Wurzeln. Er konnte nicht mit ansehen wie Assad seine Landsleute und Glaubensbrüder bekämpfte und abschlachtete. Mit den Segen seiner Eltern, welche noch in London in ihren kleinen Laden geblieben waren, hatte er sich den Rebellen angeschlossen. Bei einem Gefecht wurde durch einen Granatsplitter sein rechtes Auge zerstört und ein Splitter drang in den Knochen der Schädeldecke ein. Beides hatte man in einer Klinik in Aleppo entfernen können. Nachdem das Viertel, in dem die Klinik lag, unter starken Beschuss geriet, hatte man Ihn hierher evakuiert. Die Wunden waren beim fluchtartigen Transport wieder aufgebrochen und er hatte viel Blut verloren. Dr. Hassan behandelte ihn weiter, er war sehr schwach bei seiner Ankunft. Mittlerweile geht es ihm besser. Sobald er halbwegs genesen ist, fliegt er zurück nach London zu seinen Eltern. Der

Vater wartet nur noch auf das OK von Dr. Hassan. Dann wird er Ihn abholen. Es kann sich nur noch um wenige Tage handeln, denn er macht schon wieder Späße und lacht wieder. Ich nehme an man gibt ihm Rauschmittel um seine Schmerzen im Griff zu behalten. Er freut sich auf seine Familie in London und erzählt oft davon. Eigentlich hat er in London eine gutes Leben und eine gute Schulbildung genossen. Nach seiner Rückkehr wird er mit seinem Vater eine weitere Filiale des Geschäftes im Stadtteil Camden aufmachen. Mit meinem bisschen Schulenglisch kann ich ihn einigermaßen verstehen. Gestern habe ich ihn im Arztzimmer, zufällig, ohne Verband gesehen. Ich habe einen ordentlichen Schreck bekommen, seine rechte Kopfhälfte sieht furchterregend aus, wie in einem Horrorfilm. Viele rote Narben bedecken seinen Kopf, einige Nähte halten die Haut zusammen. Er sieht richtig zermatscht aus. Da wird noch mancher chirurgischer Eingriff nötig sein um ihn einigermaßen zu richten. Bei seinem Abschied vor einer Woche habe ich ihm viel Geduld gewünscht bei seiner Genesung. Die Familie, in London wird sich um Ihn kümmern. Der fürsorgliche Vater hat ihn persönlich abgeholt und nach Hause begleitet.

Sein Bett ist am nächsten Tag schon wieder belegt. Ein kleiner, jammernder zehnjähriger Junge liegt hier ohne Beine. Diese sind amputiert bis zum Oberschenkel. Er hat, in der Nähe seines Dorfes auf eine Mine getreten. Der arme Tropf weint den ganzen Tag. Nachts bekommt er starke Medikamente damit er zur Ruhe kommt. Seine Mutter und sein ältester neunzehnjähriger Bruder haben ihn besucht und im Namen Allahs Rache geschworen. Durch ein Gespräch mit Mustafa, den Pfleger auf der Station, habe ich den Namen des Ortes mit seinem Minenunfall erfahren. Diesen Ort kannte ich, da meine Kampfgefährten und ich hier diese fürchterlichen, Tot und Unglück bringenden, Minen dort selbst verlegt haben.

Die drauffolgende Nacht habe ich einen schweren, inneren Konflikt mit mir ausgetragen. Ich bin geschockt und zutiefst erschüttert. Dieses unschuldige Kind hat doch mit einem feindlichen Kämpfer nichts gemeinsam. Was habe ich diesem Kind für ein schreckliches Leid zugefügt. Was bin ich für ein gottloser Schweinehund, ein Mörder, ein Killer. Dies hat man mir aus dem heiligem Koran so nicht erzählt. So hat das der Prophet Mohammed garantiert nicht geschrieben wenn er vom heiligen Krieg spricht. Was habe ich da falsch verstanden? Diese wirren Gedanken und den kleinen wimmernden Jungen vor Augen schwirren mir angsterfüllt durch den Kopf. Ich komme nicht zur Ruhe. Leise weinend schlafe ich erst gegen Morgen ein. Im darauf folgenden Traum haben die Verwanden des kleinen Jungen mich verfolgt und schließlich eingeholt. Anschließend wurde ich langsam aufgeschlitzt und am ganzen Körper mit einem Krummdolch verstümmelt. Zum schrecklichen Schluss rissen mich vier Pferde in Stücke. Mein eigener lauter Schrei lässt mich erwachen. Völlig aufgelöst und schweißgebadet wache ich aus meinen apokalyptischen Träumen auf. Mir ist hundeübel und ich muss mich mehrmals heftig übergeben. Talibe kommt zufällig vorbei um nach mir zu sehen. Sie sieht dass es mir richtig dreckig geht und ruft Dr. Hassan, aber der hat keine Erklärung für meinen Zustand. Vorsichtshalber verlegt er mich in ein separates Zimmer. Ich bekomme eine Spritze zur Beruhigung verpasst und schlafe später wieder ein.

Nach einigen Tagen, ich bin wieder gut zu Kräften gekommen, holt mich ein anderer Pfleger mit Namen Mustafa morgens zum Verbandwechsel ab. Mittlerweile kann ich mich schon auf die Bettkante aufrecht hinsetzten. Die Schmerzen sind erträglicher geworden aber unter den Verbänden juckt es erbarmungslos. Er hat einen Rollstuhl dabei, in dem ich mich, mit seiner Hilfe, langsam und stöhnend hineindrehe. Mustafa ist geduldig und spricht mit mir ab und zu auch etwas deutsch. Das Deutsch hat er von aus Deutschland heimkehrenden und auch von, seinen Heimatort besuchenden, türkischen Gastarbeitern aufgeschnappt. Ich habe inzwischen auch ein paar Worte türkisch gelernt und so klappt die Unterhaltung einigermaßen, wenn auch auf einem niedrigen Niveau.

Auf dem Weg zum Behandlungszimmer muss ich aber erst noch zur Toilette, hier hilft mir Mustafa. Mittlerweile schäme ich mich nicht mehr. Anfangs hatte ich erhebliche Komplexe, beim morgendlichen Waschen oder auf der Toilette, aber das ist doch alles menschlich, so hat Talibe mir das erklärt. Mustafa machte seine Späße während er mir auf die Toilette hilft und wir lachen beide über meine Hilflosigkeit. Es geht aber von Tag zu Tag besser, ich muss lernen mit meinem

Handikap klarzukommen. Ich fühle mich in guten Händen und werde, soweit ich das beurteilen kann, gut versorgt.

Der Arzt, Dr.med. Hassan, ist Syrer. Er hat in München studiert und auch einige Jahre am Klinikum in Großhadern gearbeitet. Dort lernte er seine Frau kennen welche auch Medizin studierte. Nach der Hochzeit führten er und seine Frau einige Jahre die Praxis seines mittlerweile verstorbenen Schwiegervaters in Aleppo, bevor sie wegen des anhaltenden Bürgerkrieges und die zunehmenden Kämpfe innerhalb der Stadt flüchten mussten. Seine Frau kam auf der Flucht bei einem nahen Schusswechsel verfeindeter Rebellen Milizen durch eine verirrte Kugel ums Leben. Er blieb, mit einer Schusswunde am Bein leicht verletzt, nach der Behandlung in diesem Krankenhaus hängen. Er wurde hier auch dringend gebraucht, er war gerne hier und fast jeden Tag kamen neue Patienten. In Aleppo wurde immer wieder gekämpft. Das machte ihn oft nachdenklich, man spürte seine Sorgen um die Heimatstadt und die dort verbliebenen Verwanden.

„So, Schwester Talibe, nehmen sie mal Kalil, oder wie er auch der Bursche heißen mag, die Verbände einer nach dem anderen ab. Dann sehen wir mal nach wie gut der Kerle heilt. Fangen sie am Kopf an“
ordnet Dr. Hassan an. Talibe wickelt meinen Turban, wie ich den Kopfverband mittlerweile nenne, vorsichtig ab und ruft zur Tür.

„Herr Doktor, wir wären dann soweit, den Kopf haben wir enthüllt“

„Na, das sieht ja gut aus. Da kommen wir am Hinterkopf schon mit einem Pflasterverband aus! Die Fäden ziehen wir nächste Woche raus. Vorne brauchen wir auf den kleinen Kratzer nichts mehr draufzumachen, das heilt mittlerweile schön zu" ,
meint Dr. Hassan und fügt im Gehen hinzu:
„Als nächstes bitte die Schulter freilegen"
Talibe beginnt mit dem Abrollen der Verbandbinden an der linken Schulter. Dadurch kommt sie mir sehr nahe, dass ich ihren Atem spüren kann. Unsere Augen treffen sich als sich der Schleier vor Ihren Augen öffnet. Sie atmete tief durch und seufzt leise aber hörbar. Auch ich musste tief durchatmen und blicke noch tiefer in das Blau ihrer Augen. Ein Geräusch im Nachbarzimmer stört diesen innigen, wenn auch nur einige Sekunden dauernd intensiven Blick. Ihre Hand liegt auf meiner rechten Schulter. Zärtlich gleitet sie langsam den Arm hinunter und drückt ganz kurz meine rechte Hand. Ich erwiderte wenn auch nur kurz den Händedruck und sie senkt den Blick um den Wundverschluss vorsichtig abzulösen. Dadurch beugte sie sich nach vorn und der Schleier senkt sich. Nun kann ich ihr gesamtes hübsches Gesicht sehen. Auch die rosafarben große Narbe welche von der rechten Wange bis zum Hals reicht. Trotzdem ein hübsches, jugendliches Gesicht mit einer kleine spitzen Nase und volle Lippen. Gerne möchte ich dieses Gesicht berühren. Ich drücke mich vorsichtig an ihren weichen Körper und sie lässt es zu. Es ist mir sehr angenehm dieses Gefühl der Nähe, der minimalen Zuneigung, vom anderen, dem weiblichen Geschlecht. Ich verharre in

dieser zufälligen Berührung ohne sie anzufassen. Es ist eine andere, liebevolle Welt mit einem winzigen Anflug von Glück.

Ein Schmerz durchzuckte mich und ich schreie:

„Au, aua, das tut weh“

Talibe hat mit einem Rucke den Rest des verklebten Verbandes vom Schulterblatt abgerissen. Das hat bestimmt schon seine Richtigkeit. Aber Talibe leidet mit mir und zuckt unwillkürlich zusammen. Während sie die Wunde reinigt kommt Dr. Hassan herein und er bemerkt:

„Na, der Held, beißen sie mal schön Ihre Zähne zusammen, wer wird denn vor so einer hübschen Dame schreien, das Fräulein bekommt es noch mit der Angst zu tun.“

„Dann wollen wir uns das mal anschauen, na, sieht doch gut aus.“

Er nimmt meine linke Hand und sagt:

„Bitte einmal feste Zudrücken, jetzt könnte es etwas wehtun, bitte nicht schreien. Ich versuche mal Ihre Schulter etwas zu bewegen. Achtung!“

Langsam hebt er meine Hand nach oben und ich merke eine zunehmende Spannung sowie einen zunehmenden Schmerz. Auf Höhe der Schulter ist meine Hand angekommen. Die Tränen schießen mir in die Augen, er bemerkte dies und lässt meinen Arm wieder sinken. Talibe steht neben mir, hält meine rechte Hand fest umschlossen, ich sah ihr an, wie sie mit mir leidet. Dr. Hassan geht um mich herum und betrachtet die Wunde:

„Nun das sieht ja gar nicht schlecht aus. Wir sollten hier eine Mullkompresse mit Pflaster drauf tun damit mehr Luft drankommt. Dies beschleunigt den Heilungsprozess. Schwester Talibe, ab sofort jeden Tag alle drei Verbände an ihm wechseln. Nun lassen Sie den Kerl endlich wieder los. Ich tue ihm schon nichts Böses. Nachdem sie die Wunde an der Schulter bepflastert haben, nehmen sie sich den Fuß vor und wickeln diesen aus. Der Patient soll sich dazu hinlegen. Aber bitte seitlich auf die rechte Schulter. Bis gleich, ich bin nebenan!"

Verlegen antwortet sie:

„Ja, Herr Doktor. Ich rufe sie wenn ich soweit mit ihm bin"

Während sie hinter mir an der Schulter hantiert spreche ich zu Ihr:

„ Talibe, Danke das du bei mir bist. Mit dir dabei fällt mir alles leichter, Danke, Talibe"

„Warte ab, das schlimmste kommt noch, dein kaputter Fuß macht mir die meisten Sorgen, da musst du nochmal richtig tapfer sein, aber ich bin ja bei dir, Kalil mein Held"

ist ihre gutgemeinte lächelnde Antwort. Nachdem ich beim Umlegen auf die rechte Schulter ihr nochmals tief in die Augen schaue, sie mir den Blick schmachtend erwidert und wir beide zur gleichend Zeit tief und seufzend ausatmen, müssen wir beide zur gleichen Zeit prustend loslachen. Sie drehte sich zu Tür und ruft nach Doktor Hassan.

„Ich hab ein wenig Zeit, wir fahren noch durch den Garten, da scheint noch die Sonne, die wird dir gut tun, dann wirst du bald wieder gesund" gesagt und getan schiebt Talibe mich durch den Flur die provisorische aus Brettern zusammengenagelte Rampe hinunter rumpelnd in den kleinen Garten des Innenhofes. Ich sitze hilflos im Rollstuhl und Sie neben mir auf der Bank. Gerne wäre ich zu ihr auf die Bank gekrochen um näher bei ihr zu sein. Wenn sich unsere Blicke treffen, sehe ich in ihre schönen blauen Augen und sie senkt den Blick verschämt. Leider kann ich ihre Errötung der Wange durch den Schleier nur vermuten. Es ist mir und ihr aber nicht unangenehm. Wir genießen dieses Spiel mit dem größten Vergnügen. Sie hält zärtlich streichelnd meine rechte Hand.

„Wie heißt du eigentlich richtig, du bist doch ein waschechter Deutscher, den Namen Kalil haben dir doch die Moslems verpasst, oder? Raus mit der Sprache, wir sind unter uns, ich heiße übrigens Marietta und bin auf der schwäb'schen Alb großgeworden! Talibe bedeutet Schülerin, diesen Namen benutzte ich nur als Tarnung. Passt aber ganz gut zu mir, ich habe hier viel gelernt. Also wenn ich dir helfen soll, leg los!"

„Naja hast schon recht ich bin aus Sachsen, einem Städtchen in der Nähe vom Braunkohle Tagebau, mein richtiger Name ist Manfred"

antworte ich und erzähle ihr meine ganze Geschichte. Nach einer halben Stunde wird Marietta unruhig und meint dass Sie morgen ihre Geschichte erzählen will. Sie müsse jetzt wieder zum Dienst und schiebt mich wieder auf mein Zimmer, nicht ohne mich vorsichtig, mit Rücksicht auf meine Schulter, kurz und zärtlich zu drücken:

„Bis Morgen, wir sehen uns, Tschüss"
„Vergiss mich nicht, du bist mein einziger Halt, Ich danke dir, Tschüss Marietta"
sage ich ihr leise ins Ohr. Verstohlen und schon wieder mit einer Träne in den Augen winke ich ihr hinterher.
Einige Tage später fährt mich Talibe wieder in den Garten des Innenhofes. Meine erste Frage ist:
„Welcher Tag ist eigentlich Heute"
„Heute haben wir Mittwoch, den 14. April"
Dann bin aber schon länger hier, überlege ich. Ich bitte sie mir zu erzählen wie ich hierhergekommen bin. Ich kann mich seit meinen Sturz im zusammenkrachenden Treppenhaus an nichts mehr erinnern. Sie beginnt zu erzählen:
„Deine Geschichte ist teilweise auch meine Geschichte. Ich möchte sie auch nur einmal erzählen. Auch ich habe schmerzhafte Erinnerung an diese Zeit. Mein Freund Jussuf mit dem ich nach Syrien gekommen bin, war gebürtiger Syrer. Seine Eltern arbeiten bei uns in der Firma. Jussuf's Vater ist LKW-Fahrer und die Mutter arbeitet als Sekretärin meines Vaters. Jussufs zwei Jahre ältere Schwester studiert zurzeit BWL in Stuttgart. Alle tüchtigen Leute! Ich war schon in Deutschland über ein Jahr mit Ihm befreundet, wir waren ein Paar. Wir sind zusammen zur Schule gegangen. Letztes Jahr haben wir beide unser Abi gemacht. Er war meine große Liebe, ich vermisse ihn sehr. Er fehlt mir so."
Sie schluckte und die Tränen liefen ihr übers Gesicht. Verstohlen wischte sie diese mit ihrem Schleier weg.
„Was ist denn mit Ihm passiert, hat er dich verlassen"

fragte ich mitfühlend.

„Bitte unterbrich mich nicht, ich erzähl dir schon alles. Aber die Erinnerung tut mir sehr weh, deswegen brauch ich meine Zeit um dies dir zu erzählen. Also, wir sind nach Syrien gekommen um in Aleppo nach Jussufs Großeltern zu suchen. Aber dann flammten die Kämpfe wieder auf und wir kamen nicht in das Viertel in dem Jussufs Großeltern wohnten. Jussuf beteiligte sich an den Kämpfen der Rebellen gegen die Regierungstruppen und diese eroberten das Viertel. Aber das Haus der Großeltern war teilweise zerstört. Nachbarn erzählten sie wären in ein Flüchtlingslager im Libanon geflohen um später nach Deutschland zu gelangen. Jussuf hat sich dann mit seinen Eltern in Verbindung gesetzt. Diese hatten bestätigt dass die Großeltern sich bereits auf einem Schiff nach Griechenland befinden und auch wohlauf wären. Wir müssten uns nicht weiter drum kümmern. Jussufs Eltern wollten die Großeltern aus Griechenland abholen. Auf dem Rückweg von Aleppo wurde unser Konvoi, welcher viele Verwundete nach Reyhanli ins Krankenhaus bringen sollte, von einem Hubschrauber der Regierungstruppen angegriffen. Den umgebaute Lieferwagen welcher Jussuf fuhr, wurde an der Hinterachse getroffen und schleuderte kopfüber in den Graben. Ich saß hinten zur Betreuung von drei verletzten Frauen im Lieferwagen und habe mir an einer, durch den Beschuss aufgerissen, Blechkante diese hässliche Wunde im Gesicht und am Hals zugezogen. Aber ich hab nochmals Glück gehabt. Zwei der Frauen haben mit einigen zusätzlichen Verletzungen überlebt. Die Dritte mussten wir leider tot am

Straßenrand zurücklassen. Jussuf hatte, gottseidank, nur ein paar Schürfwunden und Prellungen. Wir sind dann schnellsten, aus dem Gefahrenbereich mit dem Rest des Konvois über die türkische Grenze gefahren. Hier hat mich Dr. Hassan sofort behandelt."

Sie unterbricht kurz und seufzte tief. Fährt aber dann fort: „Das Syrische Krankenhaus in Reyhanli, eine türkische Grenzstadt, erlaubt den Widerstandskämpfern aus Syrien hier ihre Verletzten zu pflegen. Betrieben wird es von der Union syrischer medizinischer Hilfsorganisationen (UOSSM). Das Krankenhaus ist eigentlich illegal, die türkische Regierung duldet dies aber stillschweigend. Die blau gestrichenen Häuser sind erst kürzlich gebaut worden und befinden sich am Rande der Stadt. Eigentlich wohnen hier Studenten der örtlichen Hochschule in den bunten Häusern. Doch der Besitzer war angesichts des Krieges bereit, die Gebäude an die UOSSM zu vermieten. Sie bezahlen dafür, wie jeder andere auch. Insgesamt mindestens 50.000 US-Dollar kostet sie die Einrichtung jeden Monat. Das Geld stammt aus Spenden und von anderen, internationalen Hilfsorganisationen. Zuerst musste ich einige Tage wegen meiner Gehirnerschütterung und der Wunde noch einige Tage liegen. Ich trug noch einen Verband und habe später, auf Bitten von Dr. Hassan, im Krankenhaus mitgearbeitet. In Deutschland bin ich beim Roten-Kreuz als Sanitäterin ausgebildet und habe dort im Bereitschaftsdienst schon öfters bei schweren Unfällen einige Einsätze mitgemacht.

Aber hier ist die Herausforderung bei weitem größer. Jusuf und ich hatten, unter Absprache mit Dr. Hassan beschlossen noch etwa drei Monate hier auszuhelfen. Ich hatte hier meinen vollen Einsatz und Jussuf fuhr in die Kampfgebiete um Verwundete aufzunehmen. Und da ist es auch passiert."

Sie muss erst mal schlucken und tief durchatmen, es fällt ihr schwer die nahe Vergangenheit aufzuarbeiten. Ich habe Verständnis dafür, ich kann mit ihr fühlen und nehme tröstend ihre Hand. Sie fährt mit leiser ruhiger Stimme fort:

„Es ist vier Wochen und einen Tag her. Jussuf und ein Arzt vom UOSSM sind nach Deir al-Zour gefahren um Verletzte mit einem Fahrzeug des Roten Halbmondes abzuholen. Unsere Kämpfer hatten die IS wieder aus der Stadt gedrängt und in einem Verwaltungsgebäude mehrere Verschüttete geborgen. Darunter warst auch du. Da in dem Stockwerk einige Leichen unserer syrischen Kämpfer gefunden wurden, nahm man an, du und Gafur gehört dazu. Ich allein weis dass du bei der IS warst. Das blutverschmierte zerfetzte Kleidungsstück, welches dich hätte verraten können, habe ich heimlich vernichtet. Deswegen sei überaus vorsichtig mit deinen Äußerungen sonst bringst du dich und auch mich in größte Gefahr. Ein verwundeter Kampfgefährde mit Namen Gafur hat nach dir, Kalil, gerufen. Aber du warst bewusstlos und hast nicht geantwortet. Das haben die anderen uns erzählt. Jussufs Wagen fuhr, als er die Stadt bereits hinter sich gelassen hatte, einige Kilometer vom Stadtrand entfernt auf eine von der IS gelegte Sprengfalle. Dabei wurde dein Gefährte Gafur schwer verletzt, mein lieber Freund Jussuf und noch drei andere Verletzte getötet. Gafur hat es nicht geschafft er ist unterwegs gestorben. Du warst im zweiten nachfolgenden Wagen. Diesen Insassen ist nichts passiert. Du bist in der Nacht angekommen und wurdest sofort operiert. Dein Fuß war zertrümmert und nicht mehr zu retten gewesen. Wir mussten ihn abnehmen Ein Tag später wärst du an den Verletzungen und an einer Blutvergiftung gestorben. Ich war bei der Operation dabei. Du warst nur kurz bei Bewusstsein. Neun Tage lagst du im Koma, wir hatten dich schon fast aufgegeben. Deine Jugend und dein gesunder willensstarke Körper haben dich wieder genesen lassen, sagt Dr. Hassan.

Das Jussuf nicht mehr zurückkommt habe ich erst am anderen Morgen erfahren. Seinen zerfetzten Leichnam werden wir wohl nie wieder sehen. Die ISIS hat schon wieder diesen Teil von Deir al-Zour zurückerobert. Da gibt es im Moment keine Chance mehr dahin zu gelangen. Mir tut das alles so weh, ich vermisse ihn so. Er war so lieb zu mir."
Sie muss erstmal schwer Schlucken und fährt mit weinerlicher Stimme fort:

„Was sage ich seinen Eltern und Großeltern. Was sage ich meinen Eltern. Ich möchte bald nach Hause"
sie weint hemmungslos, ich drücke sie an mich und weine leise mit. Nach einigen Minuten, aber gefühlten Stunden wird sie ganz ruhig. Sie ist fast in mich reingekrochen, kauert auf meinen Schoß und seufzt tief. Mein schmerzender Arm hält sie fest. Ich traue mich nicht zu bewegen, ich möchte diese heilige Stille nicht stören sondern für immer festhalten.

Möchte diesen schaurig schönen wenn auch tieftraurigen, Moment nicht unterbrechen. Diese Vertrautheit ist mir unbekannt und fremd. Trotzdem aber wieder angenehm.

Nur ein Gedanke quälte mich fürchterlich. Auszuschließen war es nicht. Möglicherweise hatte ich selbst oder einer meiner IS-Kampfgefährten die Sprengfalle gebaut die ihren Jussuf und bald mich selbst umgebracht hatte. Aber das darf beim besten Willen nie ans Tageslicht kommen. Dann bin ich erledigt. Ein schauriges, trauriges Band verbindet uns.

Kapitel 6

Nun liege ich schon fünf Wochen im syrischen Krankenhaus von Reyhanli. In drei Tagen werde ich entlassen hat Dr. Hassan bestimmt. Neue schwerverletzte Patienten sind eingetroffen und benötigen dringend mein Bett. Letzte Nacht habe ich auf einer Liege im Flur geschlafen. Heute Nachmittag werden die restlichen Fäden an den Wunden gezogen. Dann bin ich zwar noch nicht geheilt, aber transportfähig. Talibe hat sich um meine Papiere gekümmert, sie musste einiges an Schmiergelder investieren um an einigermaßen wasserdichte Papiere zu bekommen. Nach ihren Aussagen war ihr Dr. Hassan mit einigen Tipps sehr hilfreich. Nun hatte ich wenigstens ein türkisches Ersatzdokument, mit meinen richtigen Namen Manfred Paulin mit dem ich in der Türkei Reisen konnte. Hier steht drin dass ich für die UOSSM als Freiwilliger gearbeitet hätte, bei einem Angriff verletzt wurde, sämtliche Papiere im Fahrzeug geblieben und diese der ISIS in die Hände gefallen sind. Meine Papiere und Ausweise haben mir natürlich die ISIS im Irak schon weggenommen oder ich habe diese auf nicht ganz freiwillige Weise verbrannt.

Die Eltern von Talibe hatten ihr, auf ihr kürzlich eröffnetes Bankkonto bei einer Türkischen Bank, eine beachtliche Summe für Ihren Heimflug und Reisekosten überwiesen. Von meinen Eltern kann ich keine Hilfe erwarten. Es ist bestimmt besser, dass sie nichts über meine eigenmächtigen Reisen und Verbindungen wissen. Auch Talibe hatte mir dazu geraten. Ich nehme an, sie hat auch mit Dr. Hassan darüber gesprochen. Talibe hat auch alle Papiere, für uns beide, schon zusammen besorgt und das nötige Geld heute von der Bank abgeholt. Gleichzeitig hat sie, für sich, ein schickes Handy mit einer Prepaid Karte erstanden. Ich war echt überrascht. Für mich hatte sie auch einige Klamotten für die Reise besorgt. Richtige Unterwäsche, Hosen, T-Shirt, Turnschuhe und ein Hemd. Ich bedankte mich für so viel Zuwendung und habe vor Rührung schon wieder ein kleines Tränchen, welche ich mir verstohlen aus dem Augenwinkel wische. Sie nimmt mir meine Geschenke wieder ab mit den Worten:

„Ich lasse die westlich aussehenden Klamotten erst mal im Gepäck, lass hier erstmal deinen Kaftan an, damit die Patienten nichts mitbekommen. Ich behalte meinen Schleier auch erst mal zur Tarnung. Man weiß nie welche Elemente uns beobachten und uns Schaden zufügen könnten!"

Mustafa holt mich ab ins Behandlungszimmer. Talibe und Dr. Hassan machen eine komplette Wundschau und checken nochmals meine Bewegungen:

„Nicht wie neu, aber doch ganz passabel, ihr Zustand, meine ich. Fast ganz geheilt können wir sie entlassen, ich wünsche euch eine gute Heimreise, vergesst uns nicht! Mustafa kümmert sich um das weitere. Ciao und alles Gute."

„Ich habe auch ein Abschiedsgeschenk für dich, keine Angst ich weiß Bescheid, ich kann und muss Geheimnisse bewahren, wir bewegen uns hier in einer nicht ungefährlichen Umgebung" wendet sich Mustafa an mich als wir wieder alleine sind.

„Eine gebrauchte, fast neue, verstellbare Alu- Krücke mit Extra Polster, damit du dich mit deiner kaputten Schulter trotzdem bewegen kannst."

„Oh, toll, da muss ich aber noch üben"
bemerke ich.

„Jetzt kommt noch das schärfste. Ein neuer verstellbarer Fuß. Ein nobles Schweizer Produkt. Den werde ich dir jetzt anpassen. Du kannst dann wieder laufen wie ein junger Gott! Aber üben musst du auch damit und dich langsam dran gewöhnen. Wenn die Narben schmerzen nimmst du die Prothese ab und cremst deinen Stumpf mit dieser Salbe leicht ein. Kurz einziehen lassen. Vergesse nicht diesen elastischen Strumpf, immer vor deiner Prothese, anzuziehen."

„ Ich kann nur Danke sagen, Danke Mustafa. Soviel Zuwendung habe ich eigentlich nicht verdient, Danke, ich wünsche dir eine gute Zeit!"
verabschiede ich mich humpelnd und unbeholfen watschelnd aus dem Behandlungszimmer.

Als Geschenk für den wirklich sehr hilfsbereiten Dr. Hassan hat Talibe ein hellblau gestreiftes Hemd, eine rote Krawatte und eine silberne Krawattennadel gekauft. Für die Klinik brachte ein Bote der türkischen Stadtapotheke im Auftrag von Talibe etwas später ein großes Paket Medikamente, Verbandmaterial und chirurgische Werkzeuge. Dafür hat Talibe, für hiesige Verhältnisse, ein kleines Vermögen bezahlt. Sie hat ein wirklich großes Herz.

Ein Lieferwagen des Türkischen Roten Halbmondes nimmt uns auf seiner Rückfahrt, am Mittag, über den Belen-Pass mit zum Hafen Iskenderum. Der freundliche Fahrer, mit Namen Cihan, ist sehr nett und auch unterhaltsam gesprächig. Wir drei sind etwa gleichen Alters. Eine angeregte, multikulti, deutsch, englisch, türkische Unterhaltung entwickelte sich. In Iskenderum kommen ab und zu Hilfslieferungen aus der arabischen Welt per Schiff an. Cihan ist als Fahrer für die Verteilung an die verschiedenen, im Grenzgebiet tätigen, Hilfsorganisationen tätig. Er ist in Iskenderum geboren und aufgewachsen. Dadurch kennt er sich hier bestens aus. Der Fahrer besorgt uns auch, für ein kleines Trinkgeld, eine Übernachtungsmöglichkeit in einer kleinen Pension, dies gehört seiner Tante, in der Nähe des Busbahnhofes. Zwei Einzelzimmer mit Frühstück für zwei Nächte! Naja, wir wollten keine unnötigen Gerüchte aufkommen lassen. Manche Muslime denken äußerst konservativ über unverheiratete Paare.

Cihan verabschiedet sich wie ein alter Freund und gibt uns seine Telefonnummer. Für alle Fälle und auch wenn es Probleme gibt sollten wir uns melden. Wir bringen unsere Rucksäcke mit unseren Habseligkeiten in den dritten Stock. Es gibt keinen Aufzug, daher brauchte ich einige Zeit, ich bin fix und fertig endlich oben angekommen und falle mit Rucksack in mein Bett.

„Ruh dich erstmal aus. In einer Stunde hol ich dich ab“
Sagt Talibe und zieht die Tür hinter sich zu.

In der Nachbarschaft hat Cihan uns ein kleines Restaurant empfohlen. Dies gehört natürlich auch einem seiner vielen Onkel. Aber es ist preisgünstig und hat tolle, schmackhafte Fischgerichte. Anschließend gehen wir noch ein paar Kleinigkeiten, in einen der unzähligen Läden der Innenstadt, einkaufen. „Willst du dir nicht mal deinen hässlichen rötlichen Bart abnehmen. Dieses Gefranse, so ein komisches Gestrüpp. Ich glaube jetzt beginnt für uns eine neue Zeit. Morgen ziehen wir uns wieder normal an. Wir sollten unsere orientalischen Klamotten aber behalten. Man weiß nie, was noch kommt" meinte Talibe und wir kauften Nass-Rasierzeug.

„Dann kann ich mir hernach auch meine Beine damit schön glatt rasieren"
fügt sie übermütig lachend hinzu.

Am anderen Morgen gehen wir zum Hafen. Das heißt ich humpele unbeholfen. So richtig komme ich nicht in die Gänge. Talibe sieht sich das eine Weile an. Hat dann aber Erbarmen mit mir, in dem sie mich stützend begleitet und die Krücke abnimmt. In dieser Stadt bin ich auf meiner Einreise nach Syrien schon einmal gewesen, ich muss vorsichtig sein, berichte ich Talibe. Ich meide das Viertel, der ersten Unterkunft auf dem Hinweg meiner Reise nach Syrien. Unser Plan ist mit einem Schiff über das Mittelmeer nach Griechenland oder Italien zu reisen. Für beide wird das Geld von Talibe für eine Flugreise wahrscheinlich nicht reichen. Wir reisen auf jeden Fall zusammen, hat Talibe beschlossen.

„Für dich ist es zu gefährlich und unmöglich durch die Flughafenkontrollen zu kommen. Möglicherweise stehst du schon auf einer Fahndungsliste als ISIS-Angehöriger. Auf den Schiffen nehmen die das nicht so genau. Aber welches Schiff nimmt uns mit."

Im Hafen ist ein reges und geschäftiges Treiben.
Wir fragen uns durch und landen in einem kleinen schmuddeligen Schiffskontor. Hier nimmt uns ein, wie er sagte, Kapitän eines ägyptischen Frachters nach einer Stunde des Wartens in einer bunten Menschenschlange in Empfang. Er redet wie ein Buch, erklärt uns die tolle und äußerst günstige Seereise auf seinem Superschiff. Er ist der gewiefte Spezialist. Papiere brauchen wir keine, er ist auf dem Mittelmehr zu Hause, er kennt alle Häfen und die Hafenbehörden, es gibt keinerlei Schwierigkeiten auf ihn ist absoluter Verlass.

„Ja aber, bitte, Herr Kapitän"
fragt Talibe dazwischen,
„was kostet uns das, für uns beide."
Der Kapitän schreibt und rechnet in seinem großen schwarzen Buch, runzelt die Stirn und verkündet:
„Zweitausend Euro pro Person und dann noch für Schmiergelder, welche ich den Behörden, Polizei, Zoll und so weiter bezahlen muss. Dafür nochmals mindestens sechshundert Euro, pro Person selbstverständlich. Das ist ein reiner Freundschaftspreis, weil ich euch so mag, ihr seid so nette Menschen und der arme Kerl mit dem kaputten Fuß, da muss man doch Mitleid haben. Ich bin wirklich der günstigste an der ganzen Küste. Wir laufen morgen früh um sechs Uhr aus. Also, fahrt ihr mit?"

Der Kerl hört nicht auf zu Quasseln, sich und seinen Kahn zu loben. Talibe sieht mich an:

„Kalil lass uns das noch mal überlegen, komm wir gehen“ darauf antwortet der Kapitän:

„Überlegt nicht so lange, wir sind fast ausgebucht, wenn das so weitergeht sind wir in einer Stunde am Ende unserer Kapazität angelangt. Dann geht für diesen Monat nichts mehr und glaubt mir es wird dann wieder teurer!“

Wir verlassen das Büro. Mit meinen Krücken und Holz-Fuß bin ich noch schwerfällig und unbeholfen unterwegs. Die nächsten potentiellen Passagiere, eine Familie, sie scheint hochschwanger zu sein und drei kleine quengelnde Kinder drängen schon durch die Tür zum Kapitän. Der Mann dieser Familie ist gut gekleidet mit Anzug, Hut, Krawatte, noble Schuhe, lässt mich erst höfflich vorbei, scheint gute Manieren zu haben aber er ist doch weit über sechzig Jahre alt. Eher der Opa, wenn nicht sogar Uropa der Kinder. Komische Verhältnisse, dies kommt mir so in den Sinn. Marietta spricht, halb in der Tür stehend, noch aufgeregt mit der schwangeren Frau, während die Kinder mit ihrem Opa, oder wer das auch immer war, schon hineingegangen sind.

Nein so haben wir uns das nicht vorgestellt. Draußen flüstert mir Talibe zu:

„So ein Wucherer. So ein Gauner, dieses Missstück, hast du da drüben gesehen, der rostige kleine Frachter, das ist sein Luxusschiff Alexandria III. Der kam uns doch gleich so baufällig vor. Der Kahn ist doch nie und nimmer Seetüchtig. Wir haben ihn doch vorhin zufällig gesehen. Dieser

Pseudokapitän zieht den Menschen ja das Fell über die Ohren. Soviel Geld habe ich gar nicht mehr, das wären für uns beide über fünftausend Euro. Nee, nee. Mein Vater schickt mir bestimmt nicht nochmal Geld und dich lasse ich nicht alleine hier. Komm wir gehen einen Tee trinken, wir müssen ruhig überlegen was wir tun"
Also Plan A konnten wir abhaken, aber wie sieht Plan B aus? Talibe greift zum Telefon und schreit hinein, wie alle Türken das hier tun:
„Hallo, hallo, Cihan, du bist so leise! -- Hallo, hallo, Cihan hier ist Talibe, das Pärchen von gestern, erinnerst du dich, kannst du uns helfen, wir haben da ein Problem? -- Ja wir sitzen hier im Teehaus an der Ecke am Hafen -- Moment, der Name heißt Sansibar-Elma -- Du, wir suchen ein günstiges, gebrauchtes Auto, kennst du einen ehrlichen Händler -- wann sagst du -- OK, in einer Stunde -- Wir sitzen vorn am ersten Tisch an der Tür--Tschüss, wir warten -- güle, güle"
das haben nun alle mitbekommen, wie die uns jetzt anstarren. Der Tee ist stark und sehr aromatisch, schmeckt gut und wird immer wieder nachgereicht.
Dazu reicht man uns kleines süßes Gebäck. Ich schaue mich um. Die meisten Besucher sind ältere Männer. An einigen Tischen wird angeregt an Spielbrettern gespielt. Ein weiteres junges Pärchen mit einem Kinderwagen sitzt in der hintersten Ecke. Nach einer halben Stunde schiebt sich der Perlenvorhang an der Eingangstür zur Seite, die Familie mit der hochschwangeren Frau und dem Uropa als Vater treten ein. Der Kellner zeigt auf den großen runden Tisch neben uns,

an dem sie dann Platz nehmen. Wir grüßen mit einem Kopfnicken und sie und er grüßen zurück.

Eine viertel Stunde später kommt Cihan durch den Perlenvorhang, des Eingangs, mit einem weiteren gutbeleibten, schnurbärtigen glatzköpfigen Begleiter. Cihan begrüßt uns überschwänglich und stellt uns den Begleiter vor:

„Das ist der Vater meines Schwagers, er besitzt am Stadtrand eine Autowerkstatt, er kann euch jedes Auto verkaufen und was besonders wichtig ist, er überprüft jedes Fahrzeug selbst. Nur ordentlich gepflegte und technisch einwandfreie Autos kommen für ihn zum Verkauf"

Wir setzen uns wieder und der Verkäufer, der schnurbärtige Glatzkopf legt, auf Türkisch, los. Er zieht einen Stapel Fotos aus seiner Aktentasche und jeweils die Eckdaten des dazugehörenden Fahrzeuges. Naja, der Preis steht zwar drauf, aber das ist mehr eine Orientierung übersetzt Cihan. Vom Kleinwagen, Limousine, Lieferwagen, Bus, LKW hat er alles im Programm prahlt der dicke Verkäufer und Cihan kommt mit übersetzten kaum nach. Ich unterbreche den Redeschwall mit einer Handbewegung und bitte Cihan dass er Talibe doch mal ihre Wünsche sagen lasse.

„Also, wir suchen ein preisgünstiges kleines, aber gutes Fahrzeug"

beginnt Talibe zu erklären.

„Wir möchten von hier aus, auf dem Landweg, bis nach Deutschland fahren. Also brauchen wir ein solides Fahrzeug welches die Strecke ohne Probleme aushält. Ein deutsches

oder ein bekanntes europäisches Fahrzeug wäre uns am liebsten, falls doch mal eine Reparatur nötig wäre."
Cihan übersetzt und der Vater seines Schwagers legt wieder los mit unzähligen Angeboten. Inzwischen kommt der Kellner mit einer neuen Runde Tee und süße Plätzchen. Die hochschwangere Frau vom Nachbartisch vom Nachbartisch meldet sich zu Wort:

„Entschuldigung, dass ich mich einmische, mein Name ist Julia, ich bin deutsche Staatsangehörige und habe unfreiwillig Ihre Gespräche mitbekommen. Wir wollten auch mit diesem Seelenverkäufer von Kapitän und seinem maroden Kahn übers Meer nach Europa schippern. Das war uns mehr als dubios, auch wir haben Abstand davon genommen. Schön das die junge Frau mich gewarnt hat. Rein zufällig treffen wir uns hier wieder. Der Onkel meines vor kurzen verstorbenen Mannes, er ist ein Geschäftsmann aus Damaskus, unterstützt meine Reise nach Deutschland. Leider kann er mich nicht nach Deutschland begleiten, er muss unbedingt wieder zurück nach Damaskus wegen Familie und Geschäft.

Er möchte den jungen Leuten einen Vorschlag machen. Er meint, und ich könnte mir auch vorstellen, dass wir uns zusammentun und gemeinsam nach Deutschland reisen. Der türkische Autohändler hat doch auch Kleinbusse im Programm. Warum kaufen wir nicht einen solchen und fahren gemeinsam nach Hause. Der Onkel meines Mannes finanziert das Fahrzeug, übernimmt die Spritkosten und sie fahren uns als Passagiere. So hätten wir beide Parteien einen Vorteil. Allerdings, sie sehen ich bin Schwanger und es könnte unterwegs losgehen. Auch die drei Kinder sind eine Zumutung. Überlegen Sie sich diesen Vorschlag. Aber das ist doch ein kleineres Risiko als auf dem dubiosen, vergammelten Schiff"

Marietta steht auch auf und reiche Julia die Hand:

„Mein Name ist Marietta und das ist Manfred. Manfred hat auch ein Handikap und scheidet als Fahrer aus. Aber ich finde den Vorschlag machbar, wir müssen uns unter uns noch beraten. Einen Bus oder Transporter habe ich in Deutschland, bei meinem Vater im Geschäft, schon oft gefahren. Das ist das kleinere Problem. Aber wann ist den dein Geburtstermin?"

„Eigentlich erst in vier Wochen aber die andern Kinder kamen auch etwas früher."

„Manfred, sag was hältst du davon, ist doch ein guter Vorschlag, was ist deine Meinung"

„Naja, die Familie ist ganz sympathisch, ich hätte mit dieser Lösung das geringste Problem, ich besitze keinen Cent und bin auf deine Hilfe angewiesen. Marietta, wenn du das möchtest bin ich gerne dabei"

„Also, Julia wir sind dabei, wie gehen wir's an"

„Einen Moment bitte, ich muss mal kurz unterbrechen"

Der feine Onkel zupft Julia am Ärmel und spricht auf syrisch mit ihr.

„Der Onkel meines Mannes möchte sich kurz mit dem Autohändler, leider auf Türkisch, unterhalten. Marietta setzt dich doch zu uns"

Marietta und der feine Onkel tauschen die Plätze. Marietta hat an der Familie anscheinend Gefallen gefunden und unterhält sich angeregt mit Julia und den Kindern. Währenddessen tauschen geschäftstüchtig der feine Onkel und der Autohändler Zahlen und Fakten. Beide haben ihren Taschenrechner gezückt, rechnen und taktieren über einzelne Angebote. Diese werden weniger, bis eines übrigbleibt. Über dieses Angebot entbrennt eine neue Diskussionswelle.

Cihan verfolgt schweigend die Unterredungen wendet sich zu mir:

„So, Manfred heißt du, hab ich mir doch gleich gedacht, als Deutscher hast du auch einen deutschen Namen. Du als echter Moslem habe ich dir sowieso nicht abgekauft. Naja, ich bin Türke, deshalb heiße ich auch Cihan und das ist mein richtiger Name. Die Händler sind sich anscheinend mittlerweile einig. Ist für euch bestimmt das Beste und sicherste."

Der feine Onkel setzt sich zu Julia und diese bittet mich auch an ihren Tisch. Nach dem sich der feine Onkel mittlerweile mit den zwei älteren Kindern beschäftigt und Marietta das Kleinste auf dem Schoß hat, berichtet sie uns von dem Deal.

„Also nur wenn ihr einverstanden seid, gilt folgender Vorschlag. Der Onkel meines Mannes verwaltet zurzeit das restliche Vermögen und Geschäft meines Mannes. Er bezahlt mir als Vorschuss und Verpflichtung seiner Familie gegenüber mir und meinen Kindern einen gut erhaltenen Ford-Bus mit neun Sitzen. Die Farbe ist hellblau und das Alter vier Jahre alt mit 112 000 km auf dem Tacho. Der Händler muss ihn aber erst in seine Werkstatt holen und durchsehen ob alles in Ordnung ist. Das Fahrzeug ist hier in der Gegend von einem Textilunternehmen zum Mitarbeitertransport benutz worden und angeblich gut im Schuss. Wenn alles in Ordnung bringt er dies morgen Mittag mit dem Kaufvertrag zum Hotel Cabir. Dieses liegt in östlicher Richtung, zirka zehn Minuten von hier entfernt. Dort sind wir untergebracht. Der Onkel meines Mannes schaut sich das Fahrzeug genau an bevor er den Kaufvertrag unterschreibt. Ich hätte gerne ihr zwei wäret auch dabei. Dann muss das Fahrzeug noch auf meinen Namen zugelassen und versichert werden. Frühestens übermorgen können wir dann starten, wenn ihr euch das nicht noch anders überlegt."

„Da gibt's nichts mehr zu überlegen wir sind mit im Boot. Das ist für uns eine tolle Gelegenheit. Wir haben nur eine Bedingung. Ich möchte auf dem Rückweg über Hermannstadt in Rumänien fahren, dies ist nur ein kleiner Umweg. Hier hat mein Vater einen Zweigbetrieb, da möchte ich einen Besuch abstatten, für etwa fünf bis maximal acht Tage. Mein Vater hat mich darum gebeten. Eine Unterkunft kann er für uns dort besorgen, da sehe ich kein Problem"
antwortet Marietta. Julia meint erleichtert dazu:

„Ich freue mich auf zu Hause, aber eine Woche länger zu Reisen ist das kleinere Übel. Ich hoffe mein werdendes Kind hält noch eine Weile Ruhe"

Wir setzen uns alle an einen Tisch während der Autohändler sich herzlich verabschiedet und nochmals eine Runde Tee und Gebäck für uns bestellt. Cihan bleibt noch. Marietta hat ihn zum Abendessen eingeladen aber Julia besteht darauf, dass wir alle heute Abend gemeinsam ihre Gäste im Restaurant Hasan Baba in der Nähe vom Hotel Ciban sind. Wir verabreden uns für zwanzig Uhr in der Hotel Lobby. Cihan will auch kommen, was uns freut.

Beim Abendessen nimmt mich der feine Onkel zur Seite und redete auf mich ein, ich verstehe kein Wort. Suchend blicke ich zu unserem Tisch. Marietta und Julia spielen liebevoll mit den Kindern und die haben ihren Spaß. Cihan sieht meine Hilflosigkeit und kommt mir zur Hilfe.

„Hast du Probleme Türkisch zu verstehen?"

„Ja, bitte übersetz mal, ich versteh nur Bahnhof"

„Er macht sich Sorgen, dass die Heimreise mit Julia und den Kindern glatt geht. - Einmal wegen der Schwangerschaft und dann auch weil ihr eigentlich Fremde seid. - Er muss aber morgen unbedingt nach Hause zurück, da er viele Verpflichtungen gegenüber Familie und Geschäft hat. - Auch gegenüber den Eltern seines verstorbenen Neffen ist er verpflichtet. - Das Julia mit den Kindern aus diesem äußerst gefährlichen Land nun weg und nach ihren Eltern in Sicherheit will, dafür hat er vollstes Verständnis und befürwortet dies mit voller Zustimmung. - Er appelliert an dein Gewissen und deine Ehrlichkeit dafür zu garantieren dass du die Familie sicher und wohlbehalten nach Hause bringst. - Es soll dein Schaden nicht sein, er will dich belohnen wenn alle sicher und wohlbehalten in Deutschland in ihrer Heimat angekommen sind. - Er möchte deinen Handschlag und dein ernst gemeintes Ehrenwort."

„Ich werde ihn nicht enttäuschen, ich verspreche es ihm feierlich in die Hand!"
antworte ich und reiche ihm meine Hand. Cihan übersetzt. Er drückt diese fest und lange, schaut mir mit Tränen in seinen Augen tief in meine Augen und drückt mich mit den Worten auf Türkisch:
„Allah sei mit euch und segne euch auf eurem Wege!"

Verträge und Versprechungen werden in der arabischen Welt eben nur unter Männern gemacht. Mir ist trotzdem schon bewusst, dass ich bei den zwei Frauen nur eine Randfigur bin, habe aber ehrlich vor mein Bestes zu geben und Verantwortung zu übernehmen.

Es hat dann doch vier Tage gedauert bis der Ford Bus zur Abfahrt bereit war. Dafür haben wir auch einen guten Eindruck und volles Vertrauen auf das Fahrzeug. Wir genießen gemeinsam in einer großen Familie die schöne Gegend und das milde Klima am Mittelmeer. Am anderen Morgen sind wir nach dem gemeinsamen Frühstück im Hotel dann losgefahren. Marietta hat tags zuvor schon eine Probefahrt absolviert und sich alles am Fahrzeug erklären lassen. Daher wunderte ich mich nicht, dass sie so souverän und sicher durch den dichten Stadtverkehr steuert.

Als erstes machen wir Stopp beim deutschen Konsulat in Adana dieses wird vertreten durch einen Honorarkonsul als einem Anwaltsbüro mit gewissen Befugnissen. Julia und Marietta haben vom Hotel aus schon einige Male mit dem Büro des Konsuls telefoniert und einige gescannte Dokumente von uns allen zugemailt. Dadurch hoffen wir auf ein beschleunigtes und zügiges Verfahren. Wir brauchen Passverlängerungen und Passeintragungen der Kinder sowie für mich ein Passersatzdokument.

Ich hüte im Auto die Kinder während Julia und Marietta ins Konsulatsbüro gehen. Nach gefühlten zehn Stunden, aber tatsächlichen zwei Stunden kommen sie zurück und ich gehe nochmals mit Marietta in das Konsulat. Hier werde ich nochmals befragt, man telefonierte ein paar Mal und endlich bekomme ich nach einigen Unterschriften des Konsuls und mir mein Passersatz ausgehändigt. Endlich bin ich wieder offiziell *„Manfred Paulin"* und deutscher Staatsbürger. Meiner Heimkehr steht offiziell nichts mehr im Wege. Da es mittlerweile spätnachmittag ist suchen wir uns am Stadtrand ein kleines Hotel zum Übernachten. Wir brauchen drei Anläufe um für uns alle eine Bleibe für die Nacht zu bekommen. Mittlerweile ist es bereits dunkel geworden und die Kinder fallen übermüdet ins Bett.

Kapitel 7

Der Ford- Bus läuft gut. Auf Bergstrecken zieht er gut durch. Der feine Onkel hatte den Bus mit dem stärkeren Dieselmotor gewählt, das war gut so. Zügig ging es in Richtung Ankara. Hier in 1000 -1500 Meter Höhe war es auch Mai noch recht kühl. Heute dazu noch regnerisch. Anders als am milden Mittelmeer der vergangenen Tage. In Şereflikoçhisar an der relativ gut ausgebauten E90 suchen wir uns einen Rastplatz um Mittag zu machen. Nach Mittag schlafen die beiden kleinen Mädchen Marwa und Amira in ihren Kindersitzen während der Fahrt. Rami der älteste sitzt vorne bei mir und schaut sich ein Bilderbuch an. Julia hat es sich in der hinteren Sitzreihe bequem gemacht.

Wir passieren einen riesigen Salzsee an dem auch große Salzgewinnungsanlagen stehen. Heute wollen wir es noch bis in die Nähe von Ankara kommen. Es wird wieder bergiger und der Regen nimmt zu. Dann erwischen wir einen Stau wegen einer Baustelle und verlieren dadurch fast zwei Stunden. Kurz vor Ankara wird der Verkehr immer dichter und wie biegen nach Gölbasi ein. Hier finden wir das Hotel Ulasan und glücklicherweise auch noch freie Zimmer. Aber nur zwei Doppelzimmer. An der Rezeption tragen wir unsere Namen ein. Marietta nimmt meinen Ersatz-Pass, ich halte die kleine Marwa auf dem Arm, und sie trägt uns als Herr und Frau Kronenthal ein. Julia bekommt das größere Zimmer mit einem

Beistellbett, wegen der Kinder und wir das kleinere Zimmer mit Hinterhof-Aussicht.

Nachdem wir unser Gepäck auf dem Zimmer verstaut haben, nehmen wir in dem netten Restaurant ein kleines Abendessen zu uns. Julia wird auf einmal unruhig und will gern ins Bett. Marietta begleitet sie, hilft die Kinder zu baden und zu Bett bringen. Ich habe schon geduscht und war schon müde im Bett eingeduselt als Marietta leise das Zimmer betritt. Ich höre im Halbschlaf noch die Dusche im Zimmer rauschen, aber dann hab ich festgeschlafen bis zum anderen morgen.

Mit einem lauten Gähnen erwache ich, die Sonne blinzelt bereits durch den zugezogenen, schweren, grünen Vorhang. Ich spüre beim Aufwachen eine Hand über meine Brust und einen weichen Körper in meinem Rücken. Ein Gefühl welches ich seit meiner Kindheit, wenn ich in Mutters Bett kroch, nicht mehr verspürt habe. Wohlig, warm und angenehm. Ich traue mich nicht zu bewegen aus Angst dieses, für mich neue und einzigartige, Gefühl zu verlieren. Es ist ein Gefühl von Glück, Zufriedenheit und Geborgenheit. Vom Nachbarzimmer und dem Flur dringen immer lauter werdende Geräusche in unser Zimmer. Das Leben in türkischen Hotels ist ziemlich lebhaft und das liegt nicht nur an den dünnen Wänden oder der fehlenden Schallisolierung. Marietta mein, süßer geliebter Traum, bewegt sich und streckt sich. Nach einen herzhaften Gähnen und räkeln ihrerseits schmiegt sie sich wieder an mich und haucht mir ins Ohr:

„Einen wunderhübschen guten Morgen mein Liebling, hast du auch so gut geschlafen. Aufwachen mein Schatz, ein neuer Tag, ein neues Glück beginnt“

Ihre wunderbaren, weichen Brüste, Ihre festen Oberschenkel reiben sich an meinen Körper. Sie reckt die Hand streichelnd über meine Brust und Bauch. Ein schönes, mir bisher unbekanntes glückliches Gefühl. Ich drehe mich um und sie drückt mich fest an sich. Ein intensiver, schöner, langer Kuss mit ihren vollen Lippen und kreisender Zunge lassen mir fast vor Glück die Sinne schwinden. Zwischen meinen Beinen spüre ich es bei mir angenehm wachsen und härter werden, ein herrliches Glücksgefühl.

„Guten Morgen, meine gute Fee, es war herrlich mit dir in einem, aua, aua, Bett, auuh, zu schlafen, ahh, aua.“

Das war zu viel des Guten. Marietta hatte mich so fest an sich gepresst bis mir meine schlimme Schulter mit einem schmerzhaften Stich höllisch wehtat. Zu allen Überfluss stieß ich mit den ungeschützten Beinstumpf an die Bettkante und schrie erneut auf:

„Auuh, Auha, verfluchte Scheiße“

„So ein Mist, hört dieses scheiß Elend denn nie auf“ fluchte ich und krümmte mich vor Schmerz. Marietta sprang vor Schreck auf und stammelte verstört:

„Oh, entschuldige, entschuldige, das wollte ich nicht, ich wollte dir nicht wehtun, ich habe gar nicht mehr an deine Verletzungen gedacht. Bitte, bitte, Entschuldige, bitte sei mir nicht böse, mein Schatz, ich liebe dich doch.“

Tränen kamen ihr in die Augen. Sie beugte sich über mich um mir vorsichtig die Decke wegzunehmen. Mein erregtes, gutes Stück war durch den Schock wieder auf Normalmaß geschrumpft. Leider, dachte ich, aber der Schmerz war schon recht heftig. Ich bemerke:

„Es geht schon, ist halb so schlimm, war mehr der Schrecken als Schmerz, beruhig dich wieder, ich habe auch nicht aufgepasst, ich muss mich entschuldigen"

Da bemerke ich erst, dass sie völlig nackt vor mir steht. Das ist das erste Mal das ich sie so betrachten kann. Wunderschön ist ihr Körper anzusehen gegen die blinzelnden Sonnenstrahlen. Wie in Gold gerahmt leuchtet sie wie ein Engel. Dieser Anblick lässt mich alle meine Leiden vergessen.

„Schatz du bist wunderschön, komm zu mir, sei lieb zu mir"

Sie setzte sich vorsichtig auf den Bettrand, nimmt meine Hände legt diese auf ihre weichen wohlgeformten Brüste und spricht in einem, wieder ruhigen, Ton zu mir:

„Manfred ich liebe dich, ich bin immer für dich da, ich gehöre nur dir und ich spüre dass du mich auch liebst. Lass uns die Sache mit der körperlichen Liebe langsam angehen. Es läuft uns nichts weg, ich bin noch nicht soweit, du bist auch noch gehandikapt, es tut mir Leid wegen eben, ich war zu stürmisch, aber bald werden wir uns lieben und guten Sex haben. Ich verspreche es dir. Hab bitte Geduld, mein Liebling"

„Ich versteh dich und danke dir für deine Liebe und Fürsorge. Ich liebe dich und werde dir treu sein. Ich kann warten bis wir beide bereit sind",

ist meine ehrliche Antwort.

„Lass uns jetzt aufstehen und frühstücken, ich geh schon mal ins Bad, mein Schatz, bis gleich."
sagt sie und drückt mir vorsichtig noch einen satten Kuss auf meinen Mund.

Nach dem gemeinsamen Frühstück mit der Großfamilie, wie wir uns mittlerweile nennen, geht es wieder auf die Piste. Wir fahren über den äußeren Autobahn Ring um Ankara herum in Richtung Norden. Julia hat mich gebeten, hinten im Auto, bei den Kindern zu bleiben. Sie habe heute Nacht unruhig geschlafen, brauche noch etwas Ruhe und möchte vorn bei Marietta sitzen. Mir macht das nichts aus, ich spiele gerne mit den Kindern. Eigentlich sind sie lieb und gut erzogen. Wir singen ein paar Lieder. Dann lese ich ihnen eine Geschichte vor und Rami sagt mir dann das Syrische Wort dazu, welches er gut übersetzten kann. Die Kinder sind bisher mit zwei Sprachen aufgewachsen.

„Dies wird in Deutschland wahrscheinlich weniger werden, das mit zwei Sprachen mit den Kindern, Syrisch und Deutsch sprechen, was meinst du Julia"

„Eigentlich sollen sie noch englisch dazu lernen, hatte ich zu mindestens mit ihnen vor. Mal sehen was die Zeit bringt."
antwortet sie und wendet sich wieder den Frauengespräch mit Marietta zu. Ich lasse aber nicht locker und störe wieder das Gespräch der beiden Frauen:

„Marietta, welche Sprachen sollen den unsere Kinder lernen, ich schlage vor Deutsch, Englisch und Türkisch, was meinst du?"

„Erst mal müssen wir mal Kinder zeugen und gebären. Aber auf keinen Fall Türkisch. Vielleicht Deutsch sowieso und englisch. Wenn die Kinder es mögen auch Französisch“, antwortet Marietta und fügt hinzu:
„Jetzt halt mal die Klappe, Manni, und kümmere ich um die Kinder. Julia hat Schmerzen und so ein Ziehen im Bauch, sie glaubt es ist bald soweit. Wir brauchen jetzt unsere Ruhe beim Fahren.“
Also lassen wir die Damen in Ruhe und spielen ein Kartenspiel.

Auf halber Strecke zwischen Ankara und Istanbul machen wir eine kurze Rast um mal auf Toilette zu gehen. Auch wollen wir uns etwas zu trinken und etwas Gebäck für unterwegs kaufen.

„Kurz vor Düzce ist eine Autobahnraststätte, da fahr ich mal raus. Die Raststätte kenne ich, da ist es sehr sauber, das Restaurant ist über die Autobahn gebaut, da gehst du mal mit den Kindern hoch und guckst von oben runter. Ihr könnt da auch was trinken. Ich tanke in der Zeit und gehe mit Julia etwas einkaufen. Manfred machst du das!“
„Na klar, Schatzilein, dein Wunsch wird erfüllt“,

ist meine Antwort. Den Kindern, und auch uns, tut die Abwechslung gut. Es hat aufgehört zu regnen, war wahrscheinlich nur ein kurzer Schauer. Einmal kurz die Beine vertreten, ein bisschen herumzutollen, dies macht wieder gute Laune. Nur ich komme schwer hinterher mit meinen Krücken. Der Blick von oben vom Brückenrestaurant ist schön. Das helle Betonband der Autobahn die Minarette von Düzce in der Ferne vor den grünen Bergen. Ein weiter Blick übers grüne Land.

„Hallo, es geht weiter, alles einsteigen der Zug fährt ab“ ruft Marietta. Julia sitzt schon im Bus, sie ist heute so blass, sieht so fertig aus. Weiter folgen wir der Beschilderung in Richtung Istanbul auf der gut ausgebauten Autobahn. Ich bin heute wieder der Kindergärtner. Julia möchte weiter, vorne bei Marietta sitzen. Nach einer Stunde fahrt stöhnt Julia auf, krümmt sich und hält ihren kugelrunden schwangeren Bauch. Mittlerweile hat er die Größe eines Medizinballes. Nach einer Weile macht sie dies schon wieder, dieses krampfhafte Stöhnen und verzieht dabei ihr Gesicht als hätte sie eine ganze Zitrone verspeist. Nun steht fest, die ersten Wehen kommen. Julia möchte sich bequemer machen und sich nach hinten setzen. Marietta fährt rechts in eine Haltebucht, setzt die Warnblinkanlage und hält zum Platzwechsel an. Nach fünf Minuten, alle sind wir wieder eingestiegen und wollen losfahren, stoppt ein Polizeiwagen hinter uns und schaltet das Blaulicht ein. Marietta schnappt sich die Fahrzeugpapiere und steigt aus. Nach kurzer Unterredung gehen die Polizisten mit ihr um unseren Klein-Bus herum. Sie öffnen die Tür und sehen Julia in ihrem Zustand. Julia spricht die Polizisten kurz wegen einer Klinik in der Nähe an und schon sind diese bereit uns zu helfen. Sie bitten Marietta ihrem Polizeiauto zu folgen. Die Wehen kommen mittlerweile in kürzeren Abständen, die Kinder und alle im Wagen leiden und fühlen mit. Amira fängt an zu weinen und dann auch noch Marwa, ich kann sie kaum noch trösten. Rami ist ganz blass und hält mit versteinerter Miene seiner Mutter Hand. Zwischen den Wehen versucht sie mit einem Lächeln die Kinder zu trösten. Sie erklärt ihnen dass das Baby jetzt raus will und ihr das eben Schmerzen bereitet. Aber das wäre nicht so schlimm wie es aussieht. Naja, ob Kinder dies kapieren. Ich versuche mein Bestes, tröste und erzähle zu Beruhigung irgendwelche erfundene Geschichten. Mit Blaulicht des Polizeiautos, wir mit eingeschalteter Warnblinkanlage diesem folgend geht es schnell und ohne Umwege nach Sakarya zum Altinova Krankenhaus in der Serdivan Straße.

Die Polizisten haben dort bereits angerufen und das Personal steht mit einem Krankenfahrstuhl schon bereit als wir bei der Notaufnahme vorfahren. Marietta bedankt sich mit einem Küsschen auf die Wange bei den verdutzten Polizisten. Dann parkt Sie an der Seite, läuft schnell mit Mariettas rosa Notfallköfferchen in die Klinik. Da ich stehe hier, mit den drei unglücklichen Kindern. Wir gehen auch in die Klinik. Mit größter Anstrengung und Mühe versuche ich sie ruhig zu halten. Auf einigen Stühlen im Flur des Empfangsbereichs haben wir Platz genommen. Eine der älteren Schwestern mit einem grünen Kittel kam in ihren weißen Latschen angewatschelt. An ihrer ausladenden Brust baumelte ein Schildchen mit dem Namen Vera. Vera schnappt sich die verdutze kleine Marwa auf ihren Arm und spricht wie in einem Singsang:

„Kommen, sie mit mir, werdender Papa, wir haben am anderen Ende des Flures einen Aufenthaltsraum mit etwas Spielzeug. Da sind sie mit ihren Kindern besser aufgehoben. lalalala."

Mir bleibt nichts über, als dem wackelnden, etwas groß dimensionierten Hintern im grünen Gewand hinterherzudackeln.
Der Aufenthaltsraum ist lichtdurchflutet und großzügig gestaltet. Mehrere Tische mit Stühlen und eine recht komfortable Spielecke. Hier spielt ein anderes kleines Mädchen und ihr türkischer Papa, welcher auch auf den nächsten Nachwuchs wartet, sitzt daneben am Tisch. Er begrüßt uns auf Türkisch.
„Iyi günler, efendim"
Nachdem ich freundlich auf Deutsch antworte:
„Guten Tag",
erklärt Schwester Vera ihn etwas über mich, was ich natürlich wieder nicht verstehe.
Sie verschwindet wieder watschelnd durch die Tür. Die Kinder spielen sofort miteinander und der Türkische Papa will mir etwas erzählen. Schwester Vera kommt mit einer großen Kanne Orangensaft und einen Tablett mit bunten Bechern herein.
„Çocuklar için, für die Kinder", erklärt sie uns.
„Schwester Vera, sie sprechen gut Deutsch, wo haben sie das gelernt?"
„In Köln sprechen alle Deutsche, manche sogar fließend Deutsch. Ja und was glauben sie, das können die kleinen Kinder schon perfekt sprechen, ist gar nicht so schwer!"
ist ihre gewitzte Antwort und fügt hinzu:

„Dann musst du nur noch einen türkischen Gastarbeiter heiraten, von ihm vier Kinder kriegen und dann lernst du auch noch perfekt Türkisch, ist auch ganz leicht."
Sie lässt mich depperten, verdutzten Deutschen einfach stehen und trollt leise singend davon.

Nach einer halben Stunde erscheint Marietta wieder auf der Bildfläche und gibt uns einen ersten Bericht.

„Es dauert wahrscheinlich noch ein paar Stunden, hat der Arzt gemeint. Die Schwester an der Notaufnahme hat uns ein Hotel mit Namen > *Garden Altinova* < hier in der gleichen Straße empfohlen, ist ungefähr fünf Minuten von hier. Wir fahren jetzt erst mal dahin und schauen uns das Hotel an."

Das Garden Altinova Hotel liegt auch wirklich in der Nähe, wir können hier parken und man müsste zu Fuß in zehn bis fünfzehn am Krankenhaus sein. Wir bekommen auch ein schönes großes Zimmer für einen annehmbaren Preis. Wir richten uns im Zimmer ein. Die Kinder untersuchen erstmal alles. Der Fernseher funktioniert und hat sogar deutsche Programme via Satellit. Ich schalte den Kinderkanal ein und schon sind die Kinder beschäftigt. Marietta ist schon wieder am Rüsten:
„Ich geh dann mal wieder ihr Lieben, seit schön lieb und artig, in der Nähe gibt es einen Kinderspielplatz, ihr könnt ja mal mit Manni dort hingehen. Ich gehe mal wieder nach Julia ins Krankenhaus. Vergesst euren Hotelschlüssel nicht mitzunehmen. Denn zweiten Autoschlüssel steck du dir ein,

falls du noch was aus dem Bus brauchst. Komm Schatz kriegst auch ein Busserl von mir. Mmhh. Ja, ihr beiden Süßen auch."

Nur Rami hielt nichts vom Knutschen, wandte sich mit verzogenen Mundwinkeln ab und fragte:

„Kommt Mama bald wieder?"

„Nun, es kann ein paar Tage dauern, aber wenn erst das neue Baby da ist, besuchen wir sie, versprochen. Vielleicht schon morgen. Tschüß bis nachher!"

so verschwand Marietta erst mal auf unbestimmte Zeit. Jetzt war ich der Häuptling der Bande. Hoffentlich werde ich meiner Aufgabe gerecht. Jetzt musst du zeigen was in dir steckt, so spielten sich meine Gedanken im Kopf ab. Das Fernsehen lenkte die Kinder erst mal ab. Erst musste ich mal Ordnung im Zimmer machen und mir den Überblick verschaffen. Nach einer Stunde, die Mädchen haben ein bisschen geschlafen, kommt langsam Unruhe auf. Jetzt musste ich aber handeln:

„Wir machen einen Ausflug zum Spielplatz, wer will mit, wer hat Lust dazu?"

rufe ich in die Runde. Amira:

„Ich, will mit"

Marwa die kleinste bettelt:

„Mit, mit ich mit"

Rami fragte:

„Ich auch. Wie weit ist das denn von hier?"

„Naja, wenn ich mit der Krücke humpele, ich Humpelmann, vielleicht zehn Minuten gehumpelt und wir sind da."

Die Kinder lachen und Amira bemerkt:

„Du bist doch kein Humpelmann, du bist doch Manni"
Wir ziehen uns Jacken an und Mützen auf. Für Marietta legte ich ein kurzes Memo auf den Tisch und ab geht's. Glücklicherweise gibt es einen Fahrstuhl im Hotel. Hand in Hand marschieren die drei, mit der kleinsten in der Mitte, los und ich hinterher. Langsam hab ich den Dreh raus und bewege mich mit den Krücken und meinen Ersatzfuß ganz geschickt. Die Schmerzen haben auch merklich nachgelassen. Wir gehen durch einen kleinen Park. Es gibt viel zu sehen, Vögel, Hunde, Katzen und sogar ein Eichhörnchen. Noch eine Straße durch eine Wohnsiedlung und wir sind da. Sandkasten, Rutsche, Wippe, Schaukel alles ist vorhanden wird nacheinander ausprobiert.

Ich muss aufpassen bei den vielen Kindern auf dem Platz, dass ich sie nicht aus den Augen verliere. Nervös springe ich immer wieder auf und rufe nach ihnen.

„Bleib cool Mann, du bist Deutscher, oder?"
spricht mich ein junger Mann welcher mit einem Baby auf dem Arm hat an und setzt sich neben mich auf die Bank

„Ja, das hört man eben raus"
bemerke ich und füge hinzu:

„Es ist als wolle man einen Sack Flöhe hüten, so wild sind die Kinder. Ich übertreibe ein bisschen, ich hatte die Kinder noch nie alleine, muss mich erst dran gewöhnen, wird schon irgendwie gehen"
Er erzählt:

„Unser Baby ist erst drei Monate alt, es ist ein Mädchen, schau, lächelt es nicht süß! Meine Frau spielt mit meinen dreijährigen Sohn Said im Sandkasten. Siehst du sie, schau mal, die Frau mit dem roten Hosenanzug."

Er erzählt weiter:

„Ich bin in Deutschland geboren und habe in Düsseldorf Automechaniker gelernt. Nach meiner Meisterprüfung habe ich geheiratet und bin in die Opel-Werkstatt meines Onkels hier in Sakarya eingestiegen. Das Geschäft läuft gut. Später werde ich den Laden mal übernehmen"

Marwa kommt angelaufen:

„Muss Pipi, Manni schnell Pipi",

ich springe auf und schaue mich suchend um.

„Wo ist hier eine Toilette."

„Geh zur Kinder-Verkehrsschule dort am Rand des Spielplatzes, dort gibt's Toiletten",

sagt mein türkischer Banknachbar.

Ich rufe nach Amira und Rami, die gucken mich nur an. Marwa zieht an mir. Ich schnappe mir die Krücken und eile zur Toilette. Es wird knapp, kaum habe ich Ihre Hose runter und halte sie über das Toilettenbecken strullert sie schon los. Ich muss ihre Beine höher halten sonst pinkelt sie sich nass. Ein paar Tropfen hat ihre Strumpfhose bereits abbekommen.

„Muss Aa, Aa"

sagt Marwa und schon dreht sie ein Würstchen hinten raus. Das fällt auf halb auf den Toilettensitz. Nur keine Panik. Hier ist kein Toilettenpapier. Mittlerweile stehen Amira und Rami hinter mir, in der offenen Toilettentür. Sie sind mir gefolgt, eigentlich toll!

„Was machst du da"

fragt mich Rami.

„Deine Schwester muss eben mal groß"

gebe ich genervt zur Antwort. Amira:

„Aber doch nicht so, du musst sie draufsetzen, Mann, oh Manni!"

„Zuerst musste sie ja auch nur klein"

Verzweifelt drehe ich mich um, während die Krücken krachend zu Boden poltern. Ich suche Toilettenpapier, der Abroller ist leer, weit und breit keines zu sehen.

„Rami, Bitte, Guck mal auf der anderen Toilette nach Toilettenpapier."

„Hier ist auch keins"

höre ich ihn aus der anderen Toilette rufen.

„Hat vielleicht jemand Papiertaschentücher einstecken?" rufe ich verzweifelt und schaue in ratlose Kindergesichter.

„Rami, fass mir bitte in meine rechte Jackentasche dort hab ich ein Päckchen, glaube ich"

Rami findet glücklicherweise da ein Päckchen und reicht es mir. Marwa halte ich immer noch mit beiden Händen über das Toilettenbecken

„Danke Rami, würdest du die Güte haben, mir die Taschentücher herauszunehmen, aufzufalten und mir einzeln zu reichen!"

Langsam krieg ich die Krise und rede zu mir:

„Ganz cool bleiben, Alter."

Nun drehe die kleine Marwa auf meinen rechten Arm. endlich habe ich die linke Hand frei. Rami reicht mir ein Taschentuch nach dem anderen und ich wische den Hintern der kleinen ab. Dann ziehe ich sie wieder an und stelle sie neben mich.

„Uhh, Aa, Aa“

sagt sie als sie ihr Häufchen auf dem Toilettensitz sieht. Schnell zieh ich sie zurück, ehe sie danach greifen kann. Amira bemerkt altklug dazu:

„Ist ja eklig, Pfui, das stinkt vielleicht!“

und wendet sich ab. Während ich verzweifelt, mit verzerrtem Gesicht, die Klobrille mit den restlichen Taschentüchern und mit Hilfe der Klobürste versuche zu reinigen. Nachdem ich mindestens fünfmal die Wasserspülung getätigt habe befinde ich es dass es sauber genug ist. Dann begebe ich mich mit Marwa zum Waschbecken um ihr und mir die Hände zu waschen. Die Papier-Handtücher sind natürlich auch alle! So wische ich mir meine und Marwa's Hände an meiner Hose trocken. Wo sind meine Krücken? Suchend schaue ich mich um und frage:

„Wo hab, ich meine Krücken?“

„ Manni, die liegen noch in der Toilette“ ruft Amira mir zu.

„Rami, holst du mir bitte meine Krücken aus der Toilette!“

Beim Rausgehen der ganzen Mannschaft aus dem Toilettenhäuschen steht die Toilettenfrau mit neuen Klopapierrollen und Handtüchern vor der Tür und murmelt so was wie:

„Endlich verschwindet der Kerl und ich kann meine Arbeit machen. Wenn Männer da drin sind gehe ich nicht da hinein. Ich habe schließlich Anstand!“

Draußen angekommen atme ich erst einmal tief durch.
„Nun tut mir den gefallen und geht auch erst mal austreten“ sage ich zu Amira und Rami.
Amira:
„Ich gehe nur auf die Damentoilette“
Rami:
„Ich gehe nicht bei den Mädchen aufs Klo, ich warte bis das Jungs-Klo frei ist, da ist aber noch eine Frau drin!“
„Was habt ihr Kids Probleme“
seufze ich und muss notgedrungen warten, indes die kleine Marwa schon ungeduldig an der Krücke zieht. Sie will wieder auf den Spielplatz. Die beiden anderen kommen endlich nacheinander aus dem Häuschen
„Habt ihr euch auch die Hände gewaschen“
„Na, klar“
„Selbstverständlich“
bekomme ich zur Antwort und wir gehen wieder zum nahen Spielplatz. Die Kinder stürmen zum Sandkasten und ich sinke völlig erschöpft mit einem Seufzer auf die Parkbank neben den türkischen Automechaniker. Dieser fragt neugierig:
„Na, Alter, alles geregelt, alles OK?“
„Ich bin fix und fertig. Nee, Nee, Nee. Mit dem Kinderkriegen das überlege ich mir noch“,
gebe ich zur Antwort.
„Du hast ja auch schon drei, so wie ich das sehe!“
meint er. Ich erkläre ihm den Zusammenhang in meiner Pseudo-Familie und anschließend mein Dilemma auf der

Toilette. Die Frau in Rot winkt aus dem Sandkasten herüber und der Automechaniker winkt freudig lächelnd zurück.

„Du, jetzt muss ich dringend mal pinkeln, das habe ich in der Aufregung ganz vergessen, passt du mal auf meine Kinder auf, bitte!“

er antwortet freundlich:

„No Problem. Wie auf meine eigene, geh ruhig, ich bin ja hier.“

Am Toilettenhäuschen angekommen muss ich Warten bis die Toilettenfrau fertig mit Wischen ist, vorher lässt sie mich nicht rein. Endlich kann ich Pinkeln, es wurde auch allerhöchste Zeit. Auf dem Rückweg sinniere ich, wie doch die einfachsten, banalsten und doch natürlichen Dinge des Lebens einen derart in Bedrängnis bringen können.

Hab ich mich in der Bank geirrt. Ich schau mich um. Wo ist der Automechaniker mit seinem Baby. Sein Kinderwagen ist auch nicht zu sehen. Die Frau in Rot ist auch nicht mehr am Sandkasten. Irgendwie sind jetzt weniger Kinder auf dem Spielplatz. Und wo sind Rami, Amira und Marwa. Selbst den größeren Rami kann ich nirgends entdecken. Panik steigt in mir hoch. Bleibt mir denn heute nichts erspart? Wo sind die Kinder? Ich muss die Kinder finden? Ich irre über den Spielplatz. Schaue auf, in, um und unter jedes Spielgerät. Ich kann doch die Kinder nicht verlieren? Was ist mir denn nun wieder passiert? Eine Katastrophe, bin ich im falschen Film?

Ich stelle mich auf die hölzerne Umrandung des Sandkastens und schaue nochmals rundherum über den gesamten Platz. Langsam kriege ich voll die Panik! Nun lasse ich verzweifelt

die Blicke in den Park schweifen. Da, Da zwischen den Bäumen am Straßenrand befindet sich eine Menschenansammlung vor einem Lieferwagen mit buntem Aufdruck. Diese Frau in Rot und etwas abseits der Automechaniker mit dem Kinderwagen. Ist da vielleicht ein Unfall. Wo sind meine Kinder. Ich humpele so schnell wie ich kann über den Spielplatz zum Rande des Parks. Beim näher kommen erblicke ich den Kopf von Rami. Hoffnung kommt auf. Wo stecken die kleineren Mädchen. Nun bin ich fast am Rand der Menschentraube. Neben der Frau in Rot steht ihr Sohn Said. Dann sehe ich auch Amira und Marwa, jede hat eine Eistüte in der Hand. Ich muss stehen bleiben, atme erst mal tief und sichtlich erleichtert durch.
Der Automechaniker hat mich erblickt und kommt unschuldig lächelnd zu mir:

„Du hast doch bestimmt nichts dagegen dass wir deinen Kindern ein kleines Eis spendieren. Der Eiswagen kommt jeden Tag um die gleiche Zeit vorbei und das Eis schmeckt ganz toll. Guck mal was die für einen Spaß haben!"

„Bring meinen Freund auch ein Eis mit"
ruft er seiner Frau zu. Von meiner Panik wegen der Kinder verliere ich kein Wort. Die halten mich sonst noch für einen Chaoten.

„Hast du eventuell mal ein Tempo für mich, um Marwa das Eis von der Backe zu wischen, meine sind leider ausgegangen, du weißt schon warum?"
Lachend greift er in die Tasche des Kinderwagens und reicht mir ein volles Päckchen.

„Hier die schenk ich dir, du Unglücksrabe“
„Habe ich da was nicht mitbekommen, was gibt’s den schönes zu lachen?“
fragt ihn seine Frau.
„Och, ist nur Männerkram, auch wir haben manchmal unseren Spaß“,
antwortet er mit einem breiten Grinsen im Gesicht. Auch ich muss, über mich selbst, lachen und wische den Kindern das überschüssige Eis aus den Mundwinkeln.

Die Frau in Rot ist überaus hübsch. Sie hat schwarze Haare eine tolle Figur und rehbraune Augen. Der Automechaniker kann sich glücklich schätzen, so eine sexy Frau an seiner Seite zu haben. Komisch, denke ich, früher habe ich mir die Frauen nicht aus diesem Augenwinkel betrachtet. Nun sitzen wir alle miteinander auf einer großen Bank im Park, schlecken zufrieden und fröhlich lachend unser leckeres Eis während sich im Westen blutrot die Sonne für diesen Tag verabschiedet.

Als wir in der Dämmerung im Hotel eintreffen, ist Marietta noch nicht zurück. Auf dem Zimmer angekommen frage ich die Kinder ob sie ins Restaurant zum Essen gehen möchten oder ob wir uns etwas kommen lassen wollen und gemütlich fernzusehen. Die Kinder, zu mindestens die beiden älteren, stimmen den zweiten Vorschlag zu.
„Ich will aber Pizza mit Salami!“, wünscht sich Rami.
„Ich will nur Pommes mit Ketchup!“, meint Amira.
„Ich auch Pommis“, ruft Marwa.

„Dann nehme ich ein Tuna-Sandwich!“, sage ich und telefonier die Bestellung durch.
Nach dem Essen putzen wir alle artig die Zähne, waschen uns und ziehen die Schlafanzüge und Nachthemden an. Zuerst schläft Marwa ein und ich trage sie ins Schlafzimmer. Etwas später kriegen die beiden anderen, vor dem Fernseher, auch kleine Augen und wir beschließen auch ins Bett zugehen. Amira möchte noch eine Geschichte vorgelesen haben, kriegt aber das Ende der Geschichte nicht mehr mit. Rechts Rami, links Amira und Marwa im zweiten Bett schlafen wir friedlich. Wir bemerken nicht das Marietta um drei Uhr nachts leise ins Nachbar-Bett neben Marwa kriecht.

Kapitel 8

Gegen acht Uhr morgens wird Amira wach und geht zur Toilette ins Bad, lässt aber die Tür auf. Die Spülung ist deutlich zu hören und weckt mich aus meinen Träumen. Jetzt gehe ich ins Bad. Nach zehn Minuten komme ich raus, Rami und Amira sind aufgestanden und spielen im Wohnzimmer auf der Couch. Ich schaue nach Marietta, sie schläft noch fest. Aber Marwa, die kleinste, ist wach und reicht nach mir. Wir gehen leise aus dem Schlafzimmer und ziehen die Türe leise hinter uns zu. Im Wohnzimmer sage ich zu den Kindern:

„Wir müssen ganz leise sein, Marietta ist spät ins Bett gegangen und noch hundemüde, wir lassen sie noch ein bisschen schlafen, OK"

Die Kinder nicken. Im Hotelzimmer kann ich mich an Gegenständen und Möbel abstützten und brauche keine Krücken. Jetzt nehme ich ein Kind nach dem anderen ins Bad zur Morgentoilette und ziehe sie an. Vorsichtig und leise schauen wir, auf Zehenspitzten gehend, nach Marietta. Sie schläft immer noch leise schnarchend. Leise gehen wir aus dem Hotelzimmer und fahren mit den Aufzug in die Lobby um daneben im Speisesaal zu frühstücken. Hier im Hotel komme ich mit einer Krücke zurecht. Wir gehen am Büffet entlang und jeder bekommt seinen Frühstückswunsch erfüllt. Rami kümmert sich um seine jüngste Schwester Marwa wie ein richtiger Gentleman. Wir haben unseren Spaß, ich muss mehrmals um etwas mehr Ruhe bitten, damit die anderen Gäste nicht gestört werden. Aber die Türken sind im Allgemeinen sehr kinderlieb und die lächelnden Blicke drücken ihre Akzeptanz gegen unsere Fröhlichkeit aus. Fast sind wir fertig mit dem Frühstück kommt freudestrahlend Marietta zu uns an den Tisch und verkündet stehend:

„Wir haben heute Nacht ein Baby bekommen, es ist ein kleiner Junge, er soll Devin heißen, wie sein Papa. Ist das nicht toll, einen kleinen süßen Bruder. Ich soll euch alle von der Mama grüßen. Sie hat euch alle lieb. Heute Nachmittag dürfen wir sie besuchen. Freut ihr euch!“

Nun ist es mit dem relativen Frieden an unserem Tisch vorbei. Rami und Amira wollen alles genau wissen und die kleine Marwa mischt in Ihrem Kauderwelsch fleißig mit.

„Wie groß ist denn das Baby“

Marietta zeigt uns die ersten Bilder auf dem Handy.

„Das ist aber süß, Ist es ein Mädchen oder ein Junge“

„Ein gesunder strammer Junge, ich hab‘s gesehen, er hat einen Pillermann, also ein Junge!“

Alle unsere Kinder stehen um sie herum und wollen das neue Baby und ihre glückliche Mutter auch mal auf dem Handy sehen.

„Wir haben ein Baby, ein Brüderchen, hurra ein Baby“

Die übrigen Gäste teilen mit uns die Freude und gratulieren uns im Vorbeigehen.

„Herzlichen Glückwunsch“

rufen sie uns in verschiedenen Sprachen zu und lassen sich von unserer Fröhlichkeit anstecken.

„Na, mein Schatz, wie war dein gestriger Tag“,
wendet sich Marietta mir zu und gibt mir einen Kuss. Während sie sich ihrem Frühstück widmet erwähne ich beiläufig.

„Naja, ganz in Ordnung, wir waren auf dem Spielplatz und hatten unseren Spaß“

Insgeheim bin ich heilfroh dass sie wieder bei uns ist und sie sich hauptsächlich um die Kinder kümmerte. Die alleinige Verantwortung am gestrigen Tag mit all den Schrecksekunden steckt mir noch in den Gliedern.

Die Kinder können es kaum erwarten und wir brechen schon um zwei Uhr auf um das neue Brüderchen Devin sehen. Zum Krankenhaus ist es nicht weit. Wir gehen zu Fuß dorthin.

Julia bleibt vier Tage mit ihrem Baby in der Klinik. Die Herztöne von Devin sind unregelmäßig und die Ärzte wollen diesen Zustand noch näher untersuchen. Aber wir dürfen sie jeden Tag besuchen. Die Kinder können es kaum abwarten, wieder das Baby und Mama zu besuchen. Am fünften Tag holen wir sie ins Hotel. Julia nimmt sich für sich und ihr Baby ein eigenes Zimmer im Hotel, auf dem gleichen Flur, um wieder zu Kräften zu kommen. Wir bleiben noch weiter vier Tage in Sakarya. In der Zeit können wir auch noch einige Utensilien fürs Baby und einen schönen klappbaren Kinderwagen mit abnehmbarem Tragekorb kaufen. Die beiden Frauen gehen zum Friseur. Das Baby nehmen sie mit. Wer kümmert sich um die drei anderen Kinder? Wieder einmal bin ich der Kindergärtner. Diesmal bin ich schlauer und alle sind vor Abmarsch auf der Toilette gewesen. Und ich habe vier Päckchen Papiertaschentücher in meinen Taschen.

„Wohin möchtet ihr den heute gehen?"

Na, klar zum Spielplatz und vielleicht kommt auch das Eis-Auto. Ich schaue mich um, den Automechaniker habe ich nicht entdeckt. Aber seine Frau, diesmal hatte diese, ein schickes geblümtes Sommerkleid an. Sie sitzt, mit ihrem Baby im Wagen, auf einer Bank im Schatten, unter einem Baum. Als sie mich sieht winkte sie mir zu und ich geselle mich zu Ihr. Diese junge, hübsche, reizende Frau. Schon eine Augenweide. Wir unterhalten uns recht nett. Ihr Sohn spielt im Sandkasten, aber sie hat ihn fest im Auge. Dann kommt Marwa und beschwert sich, die großen wollen nicht mit ihr spielen. Also Manfred, auf in den Sandkasten. Eigentlich hast du letzte Zeit genug im Sand gespielt, denke ich bei mir, in Erinnerung an die Zeit im Irak und Syrien. Aber was soll's!

„Komm, Marwa, backen wir Sandkuchen oder bauen wir eine kleine Sandburg?"

„Kuchen, ja Kuchen backen"

Morgen geh ich zum Friseur!

Julia geht noch zweimal, in den nächsten Tagen mit Ihrem Baby zur Nachkontrolle in die Klinik um einen Herzfehler auszuschließen. Dann brechen wir wieder auf um unsere

Reise fortzusetzten. Die ganze Zeit war schönes Wetter gewesen und ausgerechnet heute regnet es in Strömen. Erst nachdem wir Istanbul umfahren haben hörte es auf zu regnen. Wir machen eine kleine Pause am Straßenrand und setzen unsere Reise fort.
Am späten Nachmittag checken wir in Edirne ins Hotel Unisite ein, welches sich für den Preis ganz passabel zeigt. Julia meinte wir sollen wegen dem Bay und auch wegen ihr, kleiner Etappen von nicht mehr als zwei mal drei Stunden machen. Dann kann sie sich besser ums Baby kümmern und hat mehr Ruhe beim Stillen. Während der Fahrt ist das zu unruhig für Devin. Also machen wir noch eine Rast in Belgrad. Marietta meint:
„Da haben wir aber ein nicht so tolles Hotel erwischt. Es ist zwar günstig aber laut und ziemlich heruntergekommen."
Mein Kommentar ist:
„Ich würde sagen, es ist dringend renovierungsbedürftig."
Julia und Marietta waren sich aber einig:
„Naja, für eine Nacht wird das schon irgendwie gehen."
Am anderen Morgen nach einem, unerwartet, komfortablen Frühstück sind alle, außer mir, gut gelaunt. Julia bemerkt dies und fragt spitzfindig:
„Na Manni, alles klar, machst so einen kaputten Eindruck?"
„Julchen, lass mich in Ruhe", antworte ich mürrisch.

Ich habe eine äußerst unruhige Nacht. Erstens schläft Marwa und Amira zwischen uns. Wir haben dies vereinbart, damit Julia mit dem kleinen Devin besser zurechtkommt. Marwa tritt mir mehrmals in die Seite, aber daran habe ich mich bereits gewöhnt. Zweitens macht mir der langwierige Grenzübertritt noch nachträglich Kopfschmerzen.

An der Bulgarischen Grenze mussten wir alle Aussteigen und unser Gepäck wurde gründlich durchsucht. Die Pässe von Marietta und Julia mit ihren Kindern bekamen wir nach kurzer Zeit wieder. Aber mit meinem Passersatzdokument hatten sie ihre Probleme. Ich musste allein in ein Vernehmungszimmer. Hier warteten ein Uniformierter und ein Zivilbeamter auf mich und bombardieren mich mit gefühlten tausend Fragen. „Woher ich komme, wohin ich will, was ich letzte Zeit gemacht habe, woher ich die Verletzung habe, wie ich zu diesen Dokumenten gekommen sei, wer meine Mitreisenden sind. Ob ich mit einem der Mitreisenden verwandt bin. Ob ich ansteckende Krankheiten habe, Drogen mitführe oder nehme?“

Immer wieder lief der Zivile mit den Dokumenten hinaus und kam mit neuen Fragen hereingestürmt. Einige Formulare musste ich ausfüllen und unterschreiben. Natürlich hatte ich eine Heidenangst dass ich mich verplappere. Dann telefonierte der Zivile mehrmals. Er ging wieder raus und ich sah im Nebenraum Marietta sitzen. Die Tür schloss sich und ich war zirka eine halbe Stunde allein im Raum. Dann kam der Uniformierte herein. Er reichte mir wortlos meine Papiere und forderte mich auf zu gehen. Am Checkpoint guckten die Beamten nochmals auf die Stempel und Unterschriften der Grenzbehörde. Er winkte mich durch. Endlich konnte ich zu meiner Reisegesellschaft zurück. Erleichtert fiel ich Marietta in die Arme.

Irgendwie geht mir die ganze Geschichte nachts noch mal durch den Kopf. Meine verwirrten Gedanken drehen sich immer wieder um die brennende Frage:

„Was wäre passiert wenn die Grenzbeamten meinen terroristischen Hintergrund und mein bombastisches Vorleben enttarnt hätten?"

Julia hat mehrmals mit dem Onkel ihres verstorbenen Mannes in Damaskus und ihren Eltern in Deutschland telefoniert. Alle freuen sich das der kleine Devin gesund und munter ist. Julia hat Sehnsucht nach Ihrer Heimat. Sie ist seit drei Jahren nicht mehr in Deutschland, in Stuttgart ihrer Heimatstadt, gewesen. Ihre Eltern, ihr verstorbene Mann, ihre ältere Schwester und ihr älterer Bruder und auch dessen drei Onkel sind Juweliere, Goldschmiede und Schmuckhändler. Sie haben mit ihren Sippen erfolgreich in einem Netzwerk kooperiert. Auch Julia hat das Goldschmiede Handwerk erlernt und ist immer noch in einige Geschäfte eingebunden. Durch ihre Kinder muss sie halt ein wenig kürzer treten. Aber sie ist kreativ im handwerklichen und an den Entscheidungen der Geschäfte maßgeblich beteiligt. Daher ist auch die komfortable finanzielle Lage von Julia zu erklären. Fast alle anfallenden Rechnungen und Ausgaben werden durch sie beglichen. Sie hat mehrere Kreditkarten auf getrennten Konten in verschiedenen Ländern.

Marietta kommt aus einer Industriellen-Familie und wird vom Vater finanziell versorgt, aber dennoch an einer kurzen Leine gehalten. Später wird sie vielleicht was erben. Aber da ist ja noch ihr sehr erfolgreicher Bruder. Dieser schwimmt voll auf der Erfolgswelle seines Vaters mit. Die Reise nach Syrien mit Jussuf haben ihre Eltern, wenn auch mit Vorbehalt, gebilligt. Danach soll sie aber unbedingt mit dem BWL-Studium beginnen um später mit in die Firma einzusteigen. Der Besuch in Hermannstadt, im Zweigbetrieb ihres Vaters ist an eine klare geschäftliche Verpflichtung gebunden. Ihr Vater hat genaue Anweisungen für Ihre zu erledigende Aufgabe gegeben. Deswegen ist sie auch laufend am Telefonieren. Aber ihre Eltern und auch sie freuen sich selbstverständlich über ihre Heimkehr.

Die beiden Frauen verbinden einige Parallelen, dadurch haben sie genügend Diskussionsstoff miteinander. Ja, man kann sagen, sie schwimmen auf einer Wellenlänge. Ihre beiden Verbindungen zu Syrern und auch ihre gleich gearteten Schicksale schweißen zusammen. Sie haben beide Ihren geliebten Partner auf ähnliche Weise jäh verloren. Von Tag zu Tag festigen sich ihr Vertrauen zueinander und ihre innige Freundschaft. Es ist ein Verhältnis zwischen den beiden, als kennen sie sich schon ewig, fast wie Geschwister.

Nur ich, als dritter Erwachsener im Bunde, bin ein Nobody, völlig mittellos, keine Ausbildung, keine Perspektiven, noch nicht mal einen Führerschein besitze ich. Eigentlich ein

Versager auf der ganzen, vollen beschissenen Linie. Nach Deutschland will ich schon zurück, aber nach Hause, in das abgewrackte Bergarbeiterstädtchen, in eine Plattenbauwohnung zu meinen verkrachten Eltern, zieht es mich nicht hin. Daher spüre ich keinen Drang mit irgendjemand in Deutschland zu telefonieren. Seit ich vor etwas über zwei Jahren, Deutschland verließ, will und habe ich keinen Kontakt mehr mit niemand in meiner Heimat. Ich vermisse niemand und mich vermisst keiner. Deswegen bin ich noch nicht mal traurig darüber. Über meine Zukunft habe ich erstmal alle Illusionen über Bord geworfen. Im Moment lebe ich von Tag zu Tag, ohne mir große Gedanken über meine Zukunft zu machen. Ich will nur vergessen und meine Vergangenheit hinter mich lassen. Allerdings werde ich, durch mein fatales Handikap, täglich an meine unrühmliche Vergangenheit erinnert. Aber ich fühle mich immer besser und die Wunden sind gut verheilt.

„Aber was soll's, das Leben geht weiter, irgendwann kommt das Glück auch zu dir!",

denke ich voller Optimismus bei mir,

„Ich bin jung, in eine wunderbare Frau verliebt und das zählt mehr als alles in der Welt."

Diese Gedanken habe ich im Kopf als wir die Südkarpaten in Richtung Hermannstadt durchqueren. Ich schaue weiter verträumt zum Fenster raus und betrachte die interessante grüne Berglandschaft. Dann folgen wir dem Flusslauf durch kleine Dörfer am Wegesrand. Hier scheint die Zeit stehengeblieben zu sein. Die Gegend erinnert mich an einen

Schulausflug ins Erzgebirge. Dort sieht es ähnlich gebirgig und bewaldet aus. Ein kleiner malerischer See gibt den Blick auf die andere Seite des Tales frei. Marietta fährt souverän Ihren Weg und achtete rücksichtsvoll auf eine vorausschauende, ausgewogene Fahrweise, während der Rest unserer Reisegesellschaft tief und friedlich schläft.

Gegen Spätnachmittag haben wir den nächsten Stopp unserer Reise, Sibiu in Rumänien erreicht. Hier in Hermannstadt, so heißt der deutsche Name der Stadt, wohnten früher viele Deutschstämmige. Die Siebenbürger Sachsen, nennt man diese deutsche Volksgruppe, welche in dieser Gegend um 1150 beginnend angesiedelt ist. Man sieht überall noch, zum Teil liebevoll restaurierte Kirchen, Bürgerhäuser und ganze Straßenzeilen aus der früheren Blütezeit der Stadt. Nach dem Krieg sind die meisten der Deutschstämmigen geflohen. Viele wurden Zwangsenteignet oder auch Deportiert. Nun kommen einige zurück, vor allem deutsche Firmen, siedeln sich hier an, beteiligen sich an rumänischen Firmen oder gründen Zweigbetriebe. Dadurch ist die Region erstarkt und hat eine gesunde Infrastruktur geschaffen. Klaus Johannis (Demokratisches Forum der Deutschen in Rumänien) ist hier der Bürgermeister. Er hat sich für die Wahl zum Präsidenten von Rumänien beworben. Überall sehen wir schon unterwegs und erst recht in der Stadt seine Wahlplakate. Er ist der Hoffnungsträger der deutschen Bevölkerung und quasi ein Garant für die gesunde Volkswirtschaft sowie auch gegen die allgegenwärtige

Korruption. Das gibt zusätzliche Impulse für die gesamte Region. Genau hier hat Mariettas Familie ihre Wurzeln und Mariettas Vater sich zuerst an einer der hiesigen Firmen beteiligt und später einen Zweigbetrieb seiner deutschen Firma gegründet.

„Wir fahren jetzt zum Haus meines Vaters, das wird euch bestimmt gefallen",
ruft Marietta der, mittlerweile aufgewachten, Reisegesellschaft zu und biegt in eine Seitenstraße des Vorortes Selimbär ein. Vor einem in Zitronengelb gestrichenen zweistöckigen großen Haus hält sie an.
„Bitte bleibt noch sitzen, ich mache das Tor auf, wir fahren in den Innenhof",
und schon ist sie draußen. An einer Tür in der Mauer welche den Hof zur Straßenseite abschirmte klingelt sie. Sie spricht durch die Sprechanlage, neben der rotbraun gestrichenen, eisernen Tür. Kurz darauf öffnet sich das elektrisch betriebene, gleichfarbige zweiflügelige Tor zum geräumigen Innenhof. Hier begrüßt uns die junge Hausdame und umarmt Marietta herzlich. Sie ist offenbar schon öfters mit ihrer Familie oder ihren Vater hier gewesen.
„Darf ich euch Frau Waldner vorstellen, sie ist die gute Seele des Hauses, bei irgendwelchen Fragen ist sie immer ansprechbar. Frau Waldner ist eine ganz liebe und nette Person!"
„Ich bin Maria und heiße herzlich Willkommen hier bei Hause Kronenthal. Ich selbst zwei schulpflichtige Kinder habe,

bin dann in der Regel morgens zwischen halb acht und zwölf und auf Wunsch oder bei Notwendigkeit nachmittags zwischen vier und sechs im den Haus. Aber nur wenn Besuch im den Haus! Versteht sich, oder!"

„Kommt herein wir zeige euch alles"
sagt Marietta und geht vor. Von ihr erfahren wir auch die Geschichte des Hauses.

Im Laufe der Zeit konnte Familie Kronenthal einen großen Bauernhof am Stadtrand erwerben. Nach gründlicher Restaurierung, An- und Umbauten ist dies ein behäbiges Anwesen mit vier Einzelzimmer, zwei Zweibettzimmer und drei Appartements (ähnlich einer Ferienwohnung) geworden. Ein großer gepflegter Garten mit zahlreichen, zum Teil alten, Obstbäumen gehört mit zum Anwesen. Jetzt Ende Mai blühen noch einige Bäume und der Rasen ist bereits zum zweiten Mal gemäht. Hier wohnen er und seine deutschen Mitarbeiter bei seinen zahlreichen Besuchen.

Auch Besucher und Monteure, welche seinen Zweigbetrieb besuchten, kommen hier unter. Ein älteres Ehepaar, ein früherer Mitarbeiter der Firma und jetzt in Rente halten die Immobilie als Hausmeister in Schuss. Die jüngere Frau Maria aus der Nachbarschaft ist bei Belegung des Hauses für die Reinigung der Zimmer und das Frühstück verantwortlich.
Maria spricht mit Marietta dass das Haus teilweise belegt ist aber zwei Appartements sind noch frei.
Marietta hat hier das sagen und bestimmt:

„Julia bekommt das größere Apartment die braucht mehr Platz für ihre Kinderschar. Wir stellen noch ein Beistellbett hinein."

„Maria haben wir auch ein kleines Bett fürs Baby?"

In ihrem heimischen Dialekt antwortet Maria:

„Muss ich gucken auf Speicher, ob noch da ist, sonst muss Mann bringen Bettchen von meine kleine Piroschka, wo früher geschlafen, noch mein Baby, drin. Marietta, mach ich, kein Problem"

Wir ziehen in das kleinere Apartment, dies hat aber einen schönen Balkon zum Garten hin. Der geht über die ganze Giebelseite und ist etwas durch den Dachüberstand geschützt. Nun sind wir mit dem Einräumen unser Habseligkeiten fertig und stehen auf dem Balkon. Der Blick geht über den blühenden Garten bis zu den noch schneebedeckten Karpaten. Wir atmen tief die frische Frühlingsluft. Marietta bemerkt:

„Schön ist es hier, wie im Urlaub, Herrlich!"

sie küsst und umarmt mich innig.

„Ich könnt in dich reinkriechen, mein Schatz"

„Ich liebe dich, meine kleine süße Maus"

hauche ich ihr ins Ohr und presse mich an sie. Es klopft an der Tür, Julia steckt den Kopf herein und ruft:

„Hallo wo seid ihr?"

„Hier auf dem Balkon, komm her schau dir die Aussicht an!"

„Ist ja wirklich herrlich hier. Du Marietta, ich muss noch einkaufen gehen."

„Wie lange haben denn die Geschäfte auf?"

„Weiter hinten, Richtung Hermannstadt, haben wir doch einen großen Supermarkt gesehen. Ich brauche noch Pampers, Baby Öl und verschiedene andere Sachen. Wenn ihr wollt können wir dann auch gleich zusammen Abendessen gehen. Was meinst du?"

„Ok, ich brauch auch noch was, wir kommen gleich, wir nehmen unseren Bus"

Julia verzieht sich wieder und Marietta kommt zurück auf den Balkon.

„Kommst du mit, mein Schatz?"

„Aber wir wollten doch noch...", stammele ich verlegen.

„Ich verspreche dir, heute Nacht machen wir weiter, und genau da, wo wir eben aufgehört haben. Wir besorgen uns eine Flasche Schampus und dann lassen wir es krachen"

„Ja, das machen wir Mausilein, das wird unsere Nacht der Nächte"

antworte ich mit heiß glühenden Wangen. Irgendwann muss das mit dem Sex doch mal klappen, nie waren wir in den letzten Wochen, seit wir uns kennen, allein. Immer störte etwas. Verflixt nochmal. Heute Nacht will ich meine Unschuld verlieren, da darf nichts mehr dazwischenkommen! Das sind die Gedanken während ich, voller Hoffnung auf das bevorstehende Ereignis, zum Bus humpele. Beinahe bin ich mit Marias Mann, welcher eine buntbemalte Kinderwiege vor sich her trägt, zusammen gestoßen. Durch das Ausweichmanöver komme ich ins Taumeln und gehe zu Boden. Die Kinder sitzen schon im Bus, sehen mich dort liegen und mich unbeholfen aufrichten. Sie lachen mich spottend aus.

„Na, wie war's heute Nacht"
spricht mich am nächsten Morgen Julia an.
„Wie, Was"
„Naja, die letzte Nacht"
„Was war denn letzte Nacht los"
stelle ich mich ahnungslos.
„Na, du weißt schon, das erste Mal, Sex und so, sag schon!" bohrt Julia neugierig weiter. Ich bin weiter ahnungslos und frage:
„Wie kommst du darauf, wer hat dich auf die Idee gebracht, wie meinst du das?"
„Schau mal Manni, ich erfahre es doch, glaubst du Marietta und ich haben als gute Freundinnen Geheimnisse voreinander. Ich habe Marietta gewarnt. Sie soll ihrer Liebe zu dir endlich Taten folgen lassen, sonst mach ich mich an dich ran!"
„Wie bitte, Marietta erzählt dir unsere Bettgeschichten, das darf doch nicht wahr sein und du willst mich anmachen? Was habt ihr euch dabei gedacht!"
antworte ich entrüstet, aber ich meine es nicht ernst. Ich wusste wohl Bescheid und stelle mich dumm. Marietta hatte mir schon von Julias Drängen, mir zu Liebe, berichtet.
„Also Manfred, du bist ein taufrischer, hübscher Kerl und ich bin eine Frau in den besten Jahren. Oder findest du mich nicht attraktiv? Außerdem bis du besorgt um meine Kinder,

als wären dies deine eigenen. Das gefällt mir und tut mir gut. Gegen eine neue Liebe und guten Sex hätte ich nichts einzuwenden. Aber meiner besten Freundin den Kerl wegzuschnappen, das mache ich auf keinen Fall!"

Ich bin etwas geschockt von der Ehrlichkeit Julias.

„Hui, bringst du mich in Verlegenheit"

Ich werde rot und wende mich verlegen ab aber Julia bohrt neugierig weiter:

„Nun sei kein Weichei, sag schon, wie war's"

„Warum soll ich dir mein Sexleben erzählen, du hast mir deines auch noch nicht erzählt."

„Ich hatte letzte Zeit leider keinen Sex, deswegen freue ich mich mit euch, nun sag schon endlich wie es war, Manni, sei kein Frosch!"

ich überlege noch, aber warum soll ich nicht ehrlich sein:

„Julia, ich muss schon sagen, es war himmlisch, es war der erste richtige Sex meines Lebens und so intensiv, so erfüllt, phantastisch, ich könnte es in die ganze Welt hinausschreien. Marietta und ich, wir lieben uns abgöttisch. Ist das nicht herrlich. Ist das nicht toll"

Marietta kommt in den Frühstücksraum mit Rami, Marwa und Amira im Schlepptau aus dem Garten zurück.

„Was ist so toll, Manni worum geht's?"

Jetzt muss ich schlagfertig sein, denke ich und antworte:

„Julia fände es toll mit mir Sex zu haben, ich wäre da nicht abgeneigt, sie ist eben eine tolle Frau"

Sie ringt mit der Fassung:

„Julia, also Julia"

sie kriegt kaum noch Luft:
„Julia, das hätte ich von dir nicht erwartet, du bist doch meine Freundin, also Julia, nee, nee"
Julia will antworten aber die sichtlich aufgeregte Marietta ist schneller:
„Manni und was sagst du dazu, sag doch auch mal was, du musst jetzt was sagen oder habe ich dir letzte Nacht nicht alles gegeben, wir haben doch einen riesigen Spaß gehabt, liebst du mich nicht mehr?"
Ich stehe auf und nehme Marietta, sie hat Tränen in den Augen, in die Arme, bevor sie enttäuscht flüchten kann.
„Schatz ich liebe dich doch ganz irre, du bist meine einzige große Liebe, beruhige dich bitte"
Julia ist auch aufgestanden und umarmt uns beide:
„Ich wünsche euch für eure Liebe, von ganzen Herzen nur das Beste. Julia verzeihe mir. Ich wollte euch nur ein bisschen hochnehmen. Ich nehme dir deinen Manni wirklich nicht weg. Obwohl, der Kerl sieht schon gut aus!"
Julia und Marietta kitzeln sich gegenseitig, scherzen und lachen herzhaft bis vor Übermut die Tränen kommen. Ich gehe derweil zu den Kindern und helfe ihnen bei der Auswahl am Frühstücks Büfett.
Beim Frühstück schaue ich öfters verliebt zu Marietta. Sie erwidert meinen schmachtenden Blick und seufzte. Es war schon schön heute Nacht. Meine glückerfüllten Gedanken hängen immer noch nach. Ihr nackter Körper bedeckte den meinen und dann nahm sie mich, als ich auf dem Rücken lag. Lies mich immer tiefer in sie hineindringen, ein himmlisches

Gefühl. Wir liebten uns fast die halbe Nacht. Begannen immer wieder von neuem, bis wir erschöpft im Glückstaumel gegen Morgen einschliefen. Eine vollendete Harmonie des Glücks. Was war ich für ein Glückspilz.

„Manni, hallo Manni, hörst du mich denn nicht, die Erdbeermarmelade, gib sie mir bitte"

Rami spricht mit mir, mit lauter werdender Stimme. Ich wende widerwillig den Blick von Marietta und drehe mich langsam um, aber zu spät. Zu lange geträumt, Manni. Julia ist schon aufgestanden und reicht Rami die Marmelade:

„Rami, lass Manni in Ruhe der ist über beide Ohren in Marietta verliebt, der hört und sieht nichts vor lauter Glück!"

„Manni ist verliebt, Manni ist verliebt! Lala lalala!"

singt Amira. Rami und Marwa stimmen in den Singsang mit ein und alle Lachen. Wir sind ein wahrhaft glücklicher Haufen.

Heute ist Sonntag und am Marktplatz in Hermannstadt ist ein Konzert einer großen Blaskapelle aus dem Burgenland in Österreich. Maria hat uns das wärmstens, in ihrem breiten deutschen Dialekt, empfohlen.

„Must ihr unbedingte hingähen, iste gräßtes Feste von die Jahr, alle Deitschn gehn do hin."

Da wäre in der ganzen Innenstadt eine tolle Festtagsstimmung und alle deutschstämmigen aus der ganzen Umgebung kämen um zu feiern. Wir müssen uns beeilen. Um zehn Uhr ist Beginn. Als wir mit unserem Tross ankommen ist es bereits elf und der Trubel schon im vollen Gange. Der große Platz ist gut gefüllt. Es geht vielen nicht nur um den

Musik-Genuss, sondern, wie auch uns, um den Trubel, das Treiben am Marktplatz. Wie ein kleines Volksfest, mit einigen Buden mit allerlei Krimskrams, ein buntes Kinder-Karussell und heimischen Leckereien am Rande des Platzes. Die Restaurants und Kneipen im Umfeld haben Hochbetrieb. In einem Straßencafé finden wir noch einen großen runden Tisch. An diesem sitzt nur ein älteres Pärchen, welches aus Ungarn kommt. Aber die Leutchen haben nichts dagegen. Sie lächeln und freuen sich über unsere Kinder, welche heute echt gut drauf sind. Wir bleiben bis zum späten Nachmittag. Es zieht ein Gewitter über den Bergen auf. Gegen Abend donnert, blitzt und regnet es heftig. Wir haben uns auf die Zimmer zurückgezogen und holen den verpassten Schlaf der vergangen Nacht nach. Es ist schon dunkel als ich wieder aufwache. Marietta liegt eng an mich gepresst und hält mich fest in Ihren Armen.

Manfred, denke ich, du bist ein Glückspilz und dieser Zustand möge ewig anhalten.

Am anderen Morgen, heute ist Montag, machen Marietta und ich uns chic. Naja, wir ziehen das Beste und Sauberste unserer Reiseklamotten an. Wir wollen in die Firma von Mariettas Vater, die Firma Kronplast besuchen. Nach dem Frühstück, Julia mit den Kindern sind heute etwas später heruntergekommen, starten wir. Ist ja nicht weit, in zirka zehn Minuten sind wir am Betriebsgelände. Der Betriebsleiter, Herr Ingenieur Swoboda, und seine Sekretärin erwarten uns bereits und kommen uns entgegen. Marietta umarmt beide, sie kennen sich von ihren früheren Besuchen und stellt mich als ihren Freund vor. Wir begeben uns in ein größeres Besprechungszimmer. Nach und nach treffen die Mitarbeiter der Führungsriege ein und nehmen Platz. Nun da alle wichtigen Leute des Unternehmens versammelt sind, stellt uns Ingenieur Swoboda uns gegenseitig vor und übergibt Marietta das Wort. Sie stellt sich auf der Kopfseite des Tisches an das Pult und spricht mit fester bestimmender Stimme:

„Meine Damen und Herren der Firma Kronplast ich begrüße sie nochmals herzlich. Ich habe von meinem Vater den Auftrag, mir die Produktionsabläufe des Unternehmens, hier vor Ort, genauestens erklären zu lassen. Dabei steht mir mein Freund Manfred zur Seite, welcher sich intensiver und tiefer in die Materie einarbeiten soll. Bitte unterstützen sie ihn bei seinen Bemühungen und erklären sie ihm bereitwillig alle seine Fragen. Ferner werde ich mir die Zahlen, Fakten, Bewegungen und Zustand der Buchhaltung sowie des Rechnungswesen anschauen. Die Wareneingangs- und Warenausgangsbereiche und den Logistikbereich mit dem firmeninternen Fuhrpark besuche ich zuletzt. Unsere Aufgabe ist es, uns ein komplettes, hoffentlich positives, Bild der Firma zu machen und meinen Vater darüber zu berichten. Davon hängen die weiteren, in Planung befindlichen Investitionen für den Standort Hermannstadt ab. Ich hoffe daher auf gute Zusammenarbeit. Wir sehen uns in ihren Abteilungen in den nächsten Tagen. Vielen Dank für ihr Erscheinen und nun Herr

Ingenieur Svoboda bitte ich sie um eine Betriebsführung damit wir uns erst mal eine Übersicht verschaffen können."

Kapitel 9

Am neunten Tag unsere umfangreichen Recherchen und Erkundung der Firma Kronplast hat mir Herr Ingenieur Swoboda angeboten an einer eiligen Musterung von neuen Kunststoffteilen teilzunehmen. Hierzu soll ich mich in Halle zwei bei Vorarbeiter Josef Malik melden. Josef steht schon an einer Spritzguss-Maschine und ist am Hantieren an einer neuen Spritzguss-Form, welche noch auf einer großen Europalette steht. Die über sechshundert Kilo schwere Stahlform hängen wir an den großen Hallenkran. Dieser konnte zehn Tonnen heben und transportieren in verschiedenen Geschwindigkeiten. Damit war es ein leichtes die Form punktgenau zwischen die Aufspannplatten der Maschine zu hieven. Auf beiden Seiten befestigten wir mit mehreren fingerdicken Schrauben die Form. Nun stecken wir noch einige Kühlwasserschläuche und Sensorik Kabel in die nummerierten Schnellanschlüsse. Die vier Hydraulikschläuche welche an die Zylinder der Schieber angeschlossen werden, haben Befestigungsgewinde. Diese habe ich vormontiert und Josef hat diese mit dem passenden Schraubenschlüssel angezogen. Josef fährt die Hydraulik der Maschine hoch, schließt vorsichtig die Form, nimmt einige Einstellungen vor und testet durch Öffnen und Schließen der Form die Funktionen und Sicherheit. Die Heizung des Spritzzylinders ist schon auf Betriebstemperatur von 310 Grad Celsius hochgefahren. Probeweise spritzt er die heiße Kunststoffmasse mit niedrigem Druck in einen Blechbehälter. Ein sonderbarer strenger beißender Geruch liegt in der Luft. Aber der verzieht sich schnell. Jetzt zeigt er mir, wie ich auf meiner Seite, dieses Blechteil in die Form klemmen soll. Er wird an der Vorderseite der Maschine in der zweiten Formkontur ein ähnliches, aber seitenverkehrtes, Blechteil einlegen. Später in der Produktion wird dies Einlegen automatisch durch einen Roboter getätigt. Jetzt müssen wir nur einige Muster herstellen, welche der Endkunde in Deutschland in sein Gerät verbaut um damit seine Funktionstest durchführen zu können. Josef schließt die Form und man hört, durch den höheren Geräuschpegel der Hydraulikpumpe, wie sich ein hoher Druck aufbaut welcher die Form geschlossen hält. Nun spritzt er den heißen Kunststoff mit hohem Druck in wenigen Sekunden in die geschlossene Form. Nach knapp einer Minute öffnen sich erst langsam, dann schnell die beiden Formhälften. Josef betätigt zuerst, über den Touchscreen- Bildschirm am Bedienungspult, die Hydraulikzylinder, dann den Auswerfer und wir entnehmen mit der behandschuhten Hand die bereits erstarrten aber noch mindestens hundert Grad heißen Teile. Drei Elemente aus Kunststoff bedecken jetzt teilweise das jeweilige Metallteil. Herr Ingenieur Swoboda steht schon wartend an der Spritzguss-Maschine um die ersten Musterteile zu Begutachten und zu Prüfen. Er ist noch nicht ganz mit dem Ergebnis zufrieden und bittet Josef, noch an der

Maschineneinstellung zu ändern. Nach dem dritten Versuch hält er die Teile für gut und wir können mit der Musterserie von einhundert Stück beginnen. Josef auf der Bedienerseite, ich auf der Rückseite produzieren wir ein Teil nach dem anderen. Ingenieur Swoboda begibt sich mit einigen Musterteilen in den klimatisierten Messraum um die Maße zu überprüfen. Unsere fertigen Teile legen wir getrennt erst zum vollständigen Abkühlen auf einen Metalltisch und danach vorsichtig gestapelt in eine Gitterboxpalette. Damit die Teile auf dem Transport nicht beschädigt werden, wird eine weiche Luftpolsterfolie dazwischen gelegt. Klappt ganz gut und es macht mir Spaß bei etwas sinnvoll Produktiven mithelfen zu dürfen. Nach einhundertfünfzehn Teilen ist der vorgesehene Kunststoffvorrat der Maschine aufgebraucht und wir beenden den Mustervorgang. Die Spritzgussform muss nun wieder abgebaut werden. Hier soll eine Produktionsform heute Nacht mit anderen Teilen laufen, also andere Kunststoffteile automatisch produzieren. Also alle Schläuche ab und alles wieder abbauen. Der Hydraulikschlauch geht nicht ab. Josef hat die Verschraubung gelöst und zerrt am Schlauch. Ich schaue zu und reiche ihm die Handwerkzeuge, während er auf einer kleinen Leiter steht um von oben an die Schläuche dranzukommen. Plötzlich schießt eine Fontäne bis unter das Hallendach.

„Attentione, Vorsicht, heißes Öl kommt, Achtung!“, ruft Josef, aber es ist schon zu spät.

Ein Hydraulikschlauch stand noch unter hohem Druck. Nun hat er sich endlich gelöst und schlagartig entladen.

Josef weicht schnell zur Seite und auf mich verdutzten kleinen Helferlein rieselt das warme, fast heiße, Hydrauliköl herunter. Jetzt bekommt Josef den Schlauch prima ab, jetzt wo der Druck weg ist. Schön für ihn und ich, ich steh hier wie ein begossener Pudel und schüttele mich. Josef steigt die vier Tritte der Leiter herunter und lacht aus vollem Halse:

„ Wie eine Ölsardine, hahaha, besonders haltbar, hahaha!“

Er hat nur paar kleine Spritzer abbekommen, aber ich die volle Ladung. Es mag weniger als ein halber Liter Öl gewesen sein. Ein kurzer heftiger Strahl. Die Schweinerei ist aber groß. Josef reicht mir ein paar halbwegs saubere Putzlappen und ich beginne mir das Öl vom Kopf, Gesicht und Hände zu wischen. Meine Klamotten haben einiges abbekommen. Bis auf die Haut ist das Öl vorgedrungen. Aber der Stoff der Kleidung hat das meiste aufgesogen. Nachdem ich mich grob gereinigt habe helfe ich Josef noch die Sauerei auf und um die Maschine aufzuwischen. Auf den Boden streut er etwas rötliches Ölbindemittel, dies saugt schnell das Öl ein. Später wird er es aufkehren und der Boden ist wieder vom Öl befreit. Glücklicherweise hat vorher schon ein anderer Mitarbeiter die Boxen mit den wertvollen teuren Musterstücken in den Versand gefahren. Ingenieur Swoboda hat das Lachen von Josef gehört, schaut neugierig um die Ecke und sieht unser Missgeschick und kommentiert laut und fröhlich:

„Manfred hat die Feuertaufe im Spritzguss bestanden. Wir ernennen ihn zur Oberhilfskraft der Spritzguss Fertigung. Du darfst dir den Rest des Tages freinehmen“,

und fügt hinzu,

„Der Fahrer des Firmenwagens bringt dich in die Pension damit du dich duschen kannst. Ist alles halb so wild. Kann man alles wieder waschen. Wir sehen uns morgen früh wieder in aller Frische. Tschüss!“

„Danke für ihr Verständnis, ich klebe wirklich vom Öl wie eine Ölsardine, Danke und Tschüss, bis Morgen“

Ich schaue noch schnell bei Marietta im Büro vorbei und berichte ihr mein Missgeschick. Zuerst guckte sie verschreckt. Dann lachte sie aber und ruft mir zu:

„Anfassen mag ich dich jetzt nicht. Du Öl-Prinz. Fahr du ruhig in die Pension. Ich mach noch meine Arbeit zu Ende. In ungefähr zwei Stunden komme ich auch, grüß Julia und die Kinder schön von mir. Tschüss mein frisch geölter Schatz!“

Ich komme, vom unfreiwilligen Ölbad gereinigt, aus der Dusche, gehe durch das Schlafzimmer in Richtung Balkon und bleibe innen vor der geöffneten Schiebetür stehen und rubbele mir meine Haare mit dem Badetuch trocken. Die Sonne trifft meinen nackten Körper und wärmt ihn angenehm. Die Prothese mit dem künstlichen Fuß habe ich schon wieder angelegt. Sieht schon irgendwie komisch aus, aber langsam gewöhne ich mich daran. Wenn ich Strümpfe, Hose und Schuhe anhabe, fällt das kaum noch auf. Nur beim Gehen humpele ich noch ein bisschen. Mehr und mehr kann ich auch auf die Krücken verzichten. Ich stehe also nackend im Türrahmen, beobachte die Kinder Amira und Rami mit dem Hausmeister Ferdinand im hinteren Teil des Gartens wie sie eifrig mit ihren kleinen Gießkännchen die frischgepflanzten Salatpflänzchen begießen. Julia und die beiden Kleinen kann ich nicht erblicken, vielleicht machen sie ein Schläfchen oder ruhen sich aus. Ich gähne herzhaft bei dem Gedanken und lege mich auf mein Bett. Hier strecke und recke ich mich. Die Augen bedecke ich mit einem Teil meines Bademantels um das mittlerweile tiefer stehende, gleisende Sonnenlicht abzudunkeln. Schnell bin ich eingeschlafen und befinde mich im Reich der Träume. Ein herrlicher Traum von meiner Traumfrau Marietta. Wie sie durch das Sonnenlicht schwebt und ihr graziler Körper sich unter dem fast durchsichtigen Sommerkleid abzeichnet. Nun kommt sie zu mir und küsst mich zärtlich. Nimmt mein gutes Stück, welches vor Erregung zur vollen Größe erblüht ist, in ihre Hand und verwöhnt mich zärtlich und einfühlsam mit ihrem Mund. Das dieser herrliche Traum nie enden möge. Wohlig stöhne ich vor Lustgefühle flüstere leise mit geschlossenen Augen:

„Komm, Marietta liebe mich, gib mir deinen Körper mach es so zärtlich wie beim unseren ersten Mal. Ich liebe dich und hab dich schrecklich gern, mein allerliebste Schatz, komm auf mich, bitte."

Ein herrlich, wunderbarer, erregender Traum.

Julia liegt draußen auf dem Balkon auf einer Liege und macht ein Nickerchen unterm Sonnenschirm. Devin liegt neben ihr, im ausgebauten Körbchen des Kinderwagens, und schläft friedlich im Schatten.

Die zweijährige Marwa hat sie in ihr Bett gelegt, sie war quengelich geworden und wollte keinen Mittagschlaf machen, aber es nicht mehr zum Aushalten gewesen. Sie hatte sie unter Protest ins Bett gesteckt und beruhigend ein Liedchen mit ihr gesungen. Kaum war das Liedchen zu Ende, war sie schon fest eingeschlafen. Manchmal muss man die Kinder eben zu ihrem Glück zwingen, stellte sie immer wieder fest. Dann nimmt sie denn kleinen Devin und geht durch das Apartment von Marietta und Manfred zum Balkon. Zu ihrem Apartment gehört kein Balkon, dafür hatte dieses größere räumliche Vorzüge. Marietta hat ihr den Schlüssel förmlich aufgezwungen damit sie den Balkon mitbenutzen kann. Für Marietta ist das Selbstverständlich, ihrer besten Freundin den Luxus der schönen Aussicht und die sonnige Lage des Balkons von Herzen zu gönnen. Nur Manfred, dem hatte sie vergessen das mit dem Schlüssel zu sagen.

Die wärmende Sonne tut Julia und ihrem Baby gut. Das Babyphon ist eingeschaltet und liegt neben ihr um bei Marwa's Aufwachen nach ihr zu schauen. Die beiden älteren Kinder weiß sie bei dem fürsorglichen Hausmeister Ferdinand im hinteren Teil des Gartens gut aufgehoben. Den Sonnenschirm hat sie etwas gedreht um Schatten auf den kleinen Devin und das Kopfteil ihrer Liege zu werfen. Wohlig räkelt sie ihren Körper in der wärmenden Sonne. Das ist für sie herrlich, das tut ihr mal richtig gut. Durch den Abschied in Syrien, die Schwangerschaft, Geburt und die Reisestrapazen hat ihr Körper etwas gelitten. Aber die letzten zwei Wochen hier in Hermannstadt haben ihr wirklich gut getan, sie ist wieder zur Ruhe gekommen und hat sich erstaunlicherweise gut erholt. Die Hilfe und Fürsorge von Marietta und Manfred haben einiges dazu beigetragen, wofür sie auch besonders dankbar ist. Sie schließt voller innerer Zufriedenheit und Geborgenheit die Augen. Julias Gedanken kreisen um Ihre momentane glückliche Situation und sie schaut vor ihrem inneren Auge den doch recht gut verlaufenen Reiseweg zurück. Voller Frieden schläft sie langsam ein. Ihr Traum geht weiter zurück in die Vergangenheit. Die schönen glücklichen Jahre mit ihrem Mann Devin. Er war immer sehr zärtlich zu ihr gewesen. Kein Macho wie seine Freunde in Damaskus. Nein er hatte seine Julia auf Händen getragen und alle seine knappe Freizeit mit ihr und den Kindern verbracht. Es war eine lebhafte und glückliche Zeit mit Devin und seiner Familie gewesen. Die beiderseits, tiefe innige Beziehung führte zu einem zärtlichen, behutsam, rücksichtsvollen Liebesleben. Nie hatte er Sex erzwungen, immer ein Kavalier geblieben. Julia hatte den erfüllten Sex, mit ihm, in vollen Zügen genossen. In ihrem Traum war ihr geliebter Mann ganz nahe bei ihr. Sie hatte das herrliche Gefühl sie liebten sich und er dringe in sie ein. Es war kein hartes Eindringen, eher ein Schlüpfen, ein Fließen, ein wunderbares zärtliches hineinwachsen. Sie stöhnte leise auf, räkelte sich leicht auf die Seite und presste ihre Oberschenkel vor Erregung fest zusammen. Was für ein herrlicher Traum, aber eben nur ein Traum. Ein scheppern im Garten, irgendein leerer Blecheimer ist dem Hausmeister Ferdinand umgefallen, lässt Julia aus ihrem Traum erwachen. Sie schlägt die Augen auf und muss sich erst einmal orientieren. Ganz verwirrt steht sie langsam auf. Sie sieht

Devin neben sich, das Babyphon erinnert sie an Marwa welche in ihrem Zimmer schläft. Im Garten fährt Hausmeister Ferdinand die fröhlichen Kinder im Schubkarren spazieren. Eine wahrhaft schöne heile Welt. Sie muss sich an der Brüstung festhalten. Ein leichter Schwindel umgibt sie. Es gibt keinen Grund zur Beunruhigung, es ist alles friedlich und in bester Ordnung. Erleichtert sinkt sie wieder auf die Liege. Sie verspürt immer noch eine Erregung ihres Körpers und lenkt ihre Gedanken zu ihrer mittlerweile feuchten Muschi. Sie greift mit der Hand unter ihren Bademantel und fühlt mit ihren massierenden Fingern dass ihre Vulva weich, feucht und warm wird. Den Bademantel schlägt sie zurück und lässt die Sonnenstrahlen ihren nackten Körper wärmend streicheln. Es fühlt sich gut an und ihre Finger beginnen an heftiger kreisend zu massieren, was sie langsam aber stetig dem Höhepunkt nahebringt. Immer schneller bewegen sich ihre Finger über die Klitoris und dringen dann tiefer ein. Gleich ist es soweit. Gleich kommt es, das den Körper durchströmend, das herrliche Glücksgefühl. Das Knirschen und Knarren der Liege welches durch ihre rhythmischen Bewegungen verursacht wird, lässt sie vor Schreck innehalten. Was mache ich da. Sie weckt am Ende noch den schlafenden kleinen Devin auf, ist ihre Befürchtung. Artig bedeckt sie wieder ihre nackten Schenkel, wie ein kleines Mädchen was beim verbotenen Spiel erwischt wurde. Aber enttäuscht ist sie nicht, es war schon sehr angenehm, sind ihre beruhigenden Gedanken. Noch ein Weilchen sich Ausstrecken und Ausruhen. Herrlich der Duft des Frühlings, das Zwitschern der

Vögel und das entfernte Lachen ihrer Kinder. Fast wäre sie wieder eingeschlafen. Doch ihr Mund ist trocken, sie verspürt Durst:

„Ein Glas Wasser würde mir jetzt gut tun",

„Ich gehe ins Bad um zu trinken",

überlegt sie und steht auf. Beim Gang durch das Schlafzimmer hängt sie noch ihrem Traum hinterher. Sie stößt mit dem Fuß an einen herumliegenden Gegenstand. Das sind doch Manfreds Schuhe überlegt sie, wie kommen die denn hierher. Als ihr Blick über die Betten streift, erschrickt sie und bleibt wie versteinert stehen.

Manfred liegt splitternackt auf dem Rücken im Bett. Arme und Beine leicht vom Körper gespreizt. So wie ihn Gott geschaffen hat. Die Augen sind bedeckt durch seinen Bademantel. Er schläft fest. Hier liegt dieser herrliche muskulöse Körper wie hingebreitet. Dieser Adonis denkt sie und bemerkt, dass alle Adonis Abbildungen die sie kennt, doch einen kleineren Penis zeigen. Dieser hier aber zeigt steil nach oben und steht prächtig, richtig einladend. Ein wahres Prachtstück. Ihr Körper ist von der Erregung, welche sie eben noch beschäftigte, noch nicht vollständig abgeklungen. Die Erregung überkommt sie wieder. Sie fühlt ein heftiges, unbändiges Verlangen in ihr hochsteigen. Ihr Durst ist vergangen vor Lustgefühl. Im Gegenteil, das Wasser im Mund läuft ihr zusammen, sie muss schlucken. Wie magisch schwebt sie zu Manfreds Bett, sinkt vorsichtig zu ihm runter und küsst ihn mit einer behutsamen Zärtlichkeit auf den halb geöffneten Mund. Er erwidert den Kuss mit gleicher

Intensität, dabei murmelt er etwas im Schlaf. Julia fasst dies als Zustimmung auf und berührt seinen Körper indem sie sich an ihm schmiegt. Das verletzte Bein behält sie im Auge um ihm nicht weh zu tun. Sie bewegt sich langsam streichelnd und küssend über seine Brust, über seinen Bauch bis zu seinen strammen Schenkeln. Dann dieser stehende herrliche Penis, er erinnert sie an ihren Mann Devin.

Sie wähnt, er wäre dieser hier im Bett. Völlig verwirrt, nur an ihren geliebten Devin denkend, der Sinne beraubt, küsst und liebkost sie das herrliche Stück.

„Ach Devin wie liebe ich dich doch, wie heiß ist mein Verlangen nach dir, "

murmelt sie ihre heißen begehrlichen Gedanken. Ihre Lippen umschließen Manfreds gutes Stück. Mit kreisenden Bewegungen streichelt ihre Zungen seine Eichel bis ein kleiner Glückstropfen aus der Spitze hervor kommt. Ihre Vagina zieht sich bei diesem herrlichen Anblick vor Erregung zusammen. Sie denkt nicht mehr, sie will ihn nur noch in sich spüren. Ihr Wangen glühen und ihr Körper gerät in Wallung

Manfred genießt das befriedigende, herrliche Gefühl, bewegt sich ihr entgegen und stöhnt leise auf. Sie lässt den Bademantel völlig vom Körper gleiten und schwingt sich vorsichtig über ihn. Langsam und behutsam gleitet Manfreds feuchtes Prachtstück in ihre mittlerweile völlig triefende und glitschige Muschi hinein. Sie bewegt ihren Schoß vorsichtig behutsam und langsam wippend nach unten, so dass Manfred noch nicht aufgewacht ist. Nach einigen vorsichtigen erfüllenden Bewegungen kann sie sich nicht mehr zurückhalten und presst ihren Körper fest an Manfred. Jetzt wird sie wilder und stößt kräftig nach vorn um ihn richtig zu spüren. Manfred erwidert ihre Bewegung, das törnt sie noch mehr an. Sie ist stürmisch erregt, stöhnt auf, stößt im Rhythmus der Bewegung leise Schreie aus, ist kurz vorm Orgasmus. Manfred umfasst ihre Brüste, kommt trotz völliger Erregung ins Grübeln und wacht auf. Was lässt ihn aufwachen? Wo der Traum sich doch so realistisch anfühlt? Warum aufwachen, wo es doch jetzt alles so fantastisch erregend ist? Widderwillig reist er die Augen auf. Er sieht durch den Bademantel nur einen Schatten. Genau, jetzt weiß ich es, denkt er. Alles wie beim ersten Mal mit Marietta, nur die Brüste kennt er nicht, die sind viel größer und feucht, an den Brustwarzen nass. Das sind nicht Mariettas Brüste. Er reist, mit einer Hand noch an Julias prallen Busen, mit der anderen Hand seinen Bademantel vom Gesicht und sieht Julia. Es ist gar nicht Marietta, stellt er völlig verwirrt fest. Ist er irre, träumt er immer noch? Er will protestieren doch Julia legt zwei Finger auf seinen und einen auf ihren Mund schaut ihn tief in die Augen. Rhythmisch zuckend presst ihren Schoß fest auf Ihn. Sie zieht ihre Gesäßmuskeln so fest sie kann zusammen und fühlt ihren Kopf explodieren während ihr wohliger prickelnder Orgasmus den ganzen Körper warm durchströmt. Manfred verdreht verzückt die Augen schiebt sein Gesäß rhythmisch nach oben, ihren weichen Körper entgegen, während er seine pulsierenden edlen Körpersäfte mit den ihren vereint. Es ist einfach, nur wunderbar, nur herrlich, nur schön. Eine kleine Weile noch lassen sie ihre erregten Bewegungen ausklingen. Entspannt sinken sie wieder in die Kissen. Julia liegt ausgestreckt auf Manfred und einige Tropfen aus ihren erigierten Brustwarzen, des halb an ihn angedrückten Busen, ihrer warmen Muttermilch, laufen über Manfreds Körper. Das kitzelt ihn und er schüttelt sich. Er bekommt von diesem, ihm unbekannten, Gefühl eine Gänsehaut. Vorsichtig begibt sie sich aus dem Bett. Manfred richtet sich im Bett auf und stammelt verstört:

„Julia, was haben wir gemacht, ich hab doch von Marietta geträumt und da wache ich auf und du, du bist plötzlich da, da wo Marietta sein sollte",

dann füge ich hinzu:

„Julia, ich wollte doch Marietta nicht betrügen was sage ich ihr nun, was habe ich nur mit dir gemacht, Julia, Julia "

Er will sich wegwinden aber Julia hält ihn mit Händen und Beinen am Bettrand stehend fest umklammert. Julia küsst ihn auf den Mund und sagt dann:

„Manfred, ganz ruhig, nichts haben wir gemacht, wir haben nur geträumt. Du hast nichts gemacht, ich habe nichts gemacht. Es war alles nur ein wunderschöner, herrlicher feuchter Traum. In sexueller Erregung kann das eben auch mal Feucht enden. Bei Männern sieht man es optisch etwas mehr als bei Frauen. Aber für beide ist ein Traum, eben nur ein Traum. Du hast Marietta nicht betrogen, du hast im Traum mit ihr geschlafen. Ich habe von Devin geträumt und mit ihm geschlafen. Unsere Traumwelt hat uns etwas anderes vorgespielt, aber mir hat es trotzdem sehr gutgetan, mein lieber Manni, bleib ganz ruhig!"

Ich konnte meine verwirrten Gedanken noch nicht ordnen, konnte noch nichts hervorbringen, sie fuhr indes fort:

„Wir waren beide in einer verzückten phantastischen Traumwelt. Unser Traum hat uns eine andere Person vorgespiegelt. Ich habe dir nur geholfen deinen süßen Traum zu verwirklichen.“

„Aber, aber wir waren doch zusammen, wir haben's doch gemacht, mit dem Sex und so. Ich habe doch dich gespürt“, stottere ich, nach einer Weile des Schweigens, verlegen und sie ergreift wieder das Wort:

„Manni, sei lieb und vergiss alles, es war sehr schön mit dir, ich habe es in vollen Zügen genossen, es hat aber einfach nicht stattgefunden, vergiss einfach alles. Wir können beide Marietta nicht enttäuschen, wo sie doch so vieles für uns beide getan hat. Du sprichst mit keinem und niemand auf der Welt darüber und ich werde es genauso tun. Versprichst du mir dies.“

„Ja, wenn du das so siehst und auch so meinst. Aber vergessen kann ich das nicht. Ich gebe ja zu es war schön mit dir, meine liebe Julia, aber es bleibt besser ein schöner Traum, welchen ich in besonders angenehmer Erinnerung behalten werde.“

Julia geht kurz ins Bad. Züchtig mit einem Bademantel bedeckt kommt sie heraus und lächelt mich an. Mit einem Glas Wasser kommt sie zu mir, setzt sich neben mich und sagt:

„Denk immer daran, es ist unser süßes Geheimnis, es darf niemand davon wissen, es war nur ein Traum von Sex. Du liebst Marietta und keine andere, genauso wie Marietta dich abgöttisch liebt."

Ich glaube sie hat, trotz ihrer vergnüglichen Wollust, schon Gewissensbisse und Angst um Mariettas Freundschaft.

Der kleine Devin draußen auf dem Balkon macht sich meckernd und quengelnd bemerkbar. Julia geht zur Tür:

„Devin hat Hunger, ich werde ihn jetzt stillen, es wird schon Zeit, meine Milch läuft schon, du hast es ja auch schon bemerkt!"

Ich drehe mich auf den Bauch, grabe meinen Kopf in das Kopfkissen, alle möglichen Gedanken schwirren mir im Kopf herum und ich bin verwirrt am Überlegen:

„Was ist wen Marietta etwas merkt. Die schmeißt mich doch hochkant raus. Dann bin ich wieder am Ende. Hoffentlich hält Julia dicht. Obwohl, es war schon echt guter Sex. Was bin ich doch für ein Scheißkerl. Ich könnte heulen. Nun komm endlich wieder in die Realität. Manni, werd endlich erwachsen!"

Alles ist rundherum ruhig geworden. Julia ruft mit leiser Stimme:

„Manni, kommst du mal, bring bitte meinen roten Fotoapparat mit. Der liegt auf eurer Kommode. Hörst du mich? Manni?"

„Ja ich hab dich gehört. Ich komme gleich. Ich geh nur mal schnell auf die Toilette, komme gleich"

rufe ich leise zurück. Ich mach mich kurz frisch, ziehe meinen Bademantel an, nehme den roten Fotoapparat und gehe auf den Balkon. Hier liegt Julia mit Devin auf der Liege. Das Rückenteil ist halb hochgestellt. Devin saugt zufrieden an ihrer Brust. Der Morgenmantel ist leicht geöffnet und die spätnachmittägliche Sonne ergießt ein mildes warmes Licht über beide. Ein göttlicher Anblick, wie auf einem barocken Gemälde, welches ich einmal bei einer Schloss Besichtigung im Schlafzimmer eines Fürsten gesehen habe.

„Julia, du verwirrst mich. Dein Anblick raubt mir den Verstand. Du machst mich fertig. Haben wir denn noch nicht genug angerichtet. Julia, Julia!"
sage ich zu ihr und kann den Blick trotzdem nicht von ihr lassen.

„Manni, du spitzer Vogel, nun krieg dich mal wieder ein. Ich will doch nichts mehr von dir. Das eine Mutter ihr Kind stillt ist doch die normalste und natürlichste Sache der Welt. Bleib mal ganz cool."
Ich antworte verlegen:

„Julia, tut mir leid, aber ich habe sehr wenig Erfahrung mit Frauen, Sex und Babys. Alles ist neu für mich. Ich hab mich noch nicht im Griff. Jede Weiblichkeit, jeder Anblick von schönen weiblichen Körperteilen bringt mich in Erregung. Julia, Verzeih mir!"
Eigentlich bin ich überrascht über meine vertrauliche Offenheit und Ehrlichkeit.

„Du, Manni, ich hab eine Bitte. Mein Mann Devin hat früher tolle Bilder von mir und unseren heranwachsenden Kindern gemacht. Von Devin und mir gibt es bisher nur wenige Bilder. Bitte mach doch ein paar Fotos von uns. Das warme

Abendlicht ist im Moment ideal für Fotos. Komm ich stelle dir die Kamera ein. Du brauchst nur noch den richtigen Winkel zu suchen und abzudrücken. Ist doch nicht so schwierig. Von der andern Seite, schräg von unten wäre eine gute Perspektive. Hier stellst du am Objektiv die Entfernung ein, um uns einmal von Weiten, als Totale und dann immer ein bisschen näher bis du nur das Gesicht von Devin siehst. Mein Gesicht nehme auch mal auf. Auch Devins zufriedenes, süßes, kleines Gesicht an meiner Brust."

Gesagt, getan. Nun habe ich bisher nur wenig Erfahrung mit Fotografieren gesammelt. Aber Julia ist eine gute Lehrerin. Sie leidet mich an, kontrolliert auf dem Display die Ergebnisse und korrigiert die Einstellung. Ich mache ein Bild nach den anderen. Devin saugt, unberührt davon, genüsslich und friedlich weiter.

Das Babyphon meldet Geräusche von Marwa.

„Mami, Mami"

ruft sie. Julia gibt mir den Schlüssel zu ihrer Wohnung und bittet mich nach ihr zu sehen und sie zu holen:

„Nimm Marwa zuerst auf die Toilette, dann gibst du ihr die Schnuller-Flasche mit Saft. Dieser steht auf dem Tisch, trinken kann sie schon alleine und ziehst ihr die Sachen auf dem Stuhl an. Ach so, der Stuhl steht im Bad. Schaffst du das oder willst du lieber Devin in der Zeit deine Brust geben!"

„Du, nimm mich nicht auf die Schippe, ich geh ja schon, klar schaffe ich das, bin doch nicht bescheuert, bis gleich!"

nehme lachend ihren Schlüssel und gehe zu Marwa. Diese akzeptiert auch gleich dass ich, anstatt ihrer Mutter, gekommen bin um sie aufzunehmen. Alles klappt prima.

Nach fünfzehn Minuten komme ich mit Marwa an der Hand, frisch gewaschen, gekämmt und perfekt angezogen zurück auf dem Balkon. Sie hat ihre Lieblingsschmusepuppe unter ihren Arm geklemmt. Mittlerweile ist auch Marietta zurückgekommen. Ich war so intensiv mit Marwa beschäftigt das ich sie noch nicht bemerkt habe. Julia, hat sie vom Balkon aus im Garten bei den anderen Kindern und Hausmeister Ferdinand gesehen und nach ihr gewunken und gerufen. Julia liegt auf der Liege und ihr Baby ruht sich zufrieden und satt auf ihrem Bauch aus. Marietta sitzt daneben und schaut sich interessiert die vorhin von mir geschossenen Bilder auf dem Display an.

„Hallo Manni, komm gib mir einen Kuss."

„Ich wusste gar nicht was für ein toller Photograph du bist. Geile Bilder hast du gemacht. Alle Achtung! Echt scharf und sexy, Manni. Das hat dich doch bestimmt angetörnt. Sehr schön! Julia ist eben auch eine tolle schöne Frau. Angezogen oder halb nackt erst, eine richtige Augenweide. Was meinst du Manni? Weißt du was, von mir musst du demnächst auch mal so schöne Fotos machen. Wirklich schöne Fotos hast du gemacht, Manni mein Schatz. Dann bis gleich, ich gehe erst mal unter die Dusche. Julia meint wir sollten heute Abend, mit der ganzen Sippe, in das kleine nette italienische Restaurant am Marktplatz gehen, was meinst du, mein Schatzilein."

Verlegen antworte ich:
„Ja, Ja, ich bin auch dabei, wenn ihr mich mitnehmt"
„Was denn sonst, einer muss doch die Kinder hüten, während wir anschließend flanieren und den netten Burschen schöne Augen machen",
ruft sie und verschwindet lachend ins Bad.

Nach dem opulenten Abendessen, beim netten Italiener am Marktplatz, verkündet Marietta:
„Morgen sind wir zwei Wochen in Hermannstadt, es wird Zeit das wir weiterziehen. Morgen mache ich meinen Abschlussbericht, Manfred hat auch viel gelernt und einen guten Einblick in die Firma bekommen. Gell, Manni ist doch so oder?"
„Du hast Recht, es hat mir wirklich richtig gut gefallen, ich war ja hauptsächlich in der Produktion. Ich möchte, wenn du mir dabei hoffentlich hilfst, auch einen kleinen Bericht schreiben. Ich habe da einige Sachen bemerkt und hätte da eventuell ein paar Vorschläge zur Verbesserung zu machen. Marietta, was hältst du davon?"
„Na, klar, machen wir, Manni. Schließlich gehörst du fast schon zur Familie. Das wird meinen Eltern sehr gefallen, dass du dich für ihre Arbeit interessierst."
antwortet Marietta.
Julia meldet sich auch zu Wort:
„Ich freue mich auch, dass wir weiterfahren. Obwohl hier in Hermannstadt, das war eine tolle und schöne Zeit. Die Kinder und auch ich fühlen uns hier Pudelwohl. Am meisten wird uns

Ferdinand vermissen, der hat sich in den zwei Wochen mit Rami und Amira richtig angefreundet. Ich habe noch einige geschäftliche Termine in der Stadt und bin mit zwei Juwelieren am Montag verabredet. Können wir Dienstag losfahren? Der Ford-Bus sollte noch mal in die Werkstatt wegen des Einbaus der neuen Lichtmaschine. Der Meister der Werkstatt hat heute angerufen. Montag, um neun will er diese einbauen. Dauert höchsten eine halbe Stunde. Ich hab gesagt er soll nochmal eine Durchsicht machen und alles kontrollieren. Dann könne wir also am Montagnachmittag mit Ruhe packen und laden."
Marietta meint:
„Toll, dann machen wir am Wochenende eine kleine Party im Garten. Das Wetter soll sich laut Wetterbericht noch halten. Ich möchte einige Mitarbeiter der Firma einladen. Marias Familie und Ferdinand mit Anhang kommen hoffentlich auch. Julia kannst du die morgen mal ansprechen. Ich denke, wir beginnen am Samstag um drei mit Kaffeetrinken und gegen Abend könnte Manni für uns Grillen. Dann können wir morgens noch Einkaufen und uns vorbereiten. Was meint ihr, ist das eine gute Idee?"
„Ja, das wäre auch ein kleines Dankeschön für die liebevolle Gastfreundschaft der Pensionsmannschaft. Ich bin dafür. Marietta, mit den Kosten, die übernehme ich",
ist Julias Antwort.
Marietta wirft ein:

„Nein, Nein kommt nicht in Frage. Wenn dann höchstens Halbe-Halbe, wir teilen uns die Kosten. Lass uns bitte darüber nicht streiten."
Jetzt möchte ich auch noch was sagen, aber die Weiber lassen mich nicht zu Wort kommen, so eifrig sind sie am Planen und diskutieren. Zu sagen habe ich ehe nichts, ist meine Überlegung. Geld habe ich sowieso keins. Lass die Mal machen. Ich nehme Marwa und Amira an die Hand und gehe auf den Marktplatz, Rami folgt mir auf meine winkende Kopfbewegung stillschweigend. Draußen auf dem Platz spielt eine kleine Band, macht Pantomime, Späße und Musik. Den Kindern gefällt es. Mir gefällt es wiederum dass es den Kindern gefällt.

Rami ist nochmal zurückgelaufen und sich bei Julia ein paar Münzen für ein kleines Eis geholt. Natürlich für alle vier. Das Wechselgeld haben die Kinder den Musikern in den offenen Geigenkasten geworfen. Nach mindestens anderthalb Stunden, es ist bereits dunkel, tauchen Marietta, Julia und Devin im Kinderwagen auf und wir fahren nach Hause, so sprechen wir mittlerweile, wenn wir die Pension meinen. Hier in diesem tollen Haus, mit dem wunderschönen Garten, fühlen wir uns alle so richtig wohl.

Kapitel 10

Am dritten Tag unseres letzten Reiseabschnittes kommen wir endlich nach Deutschland. Zwei Übernachtungen sind noch nötig gewesen. Eine in Budapest/Ungarn und eine bei Linz/Österreich. Am letzten Tag unserer gemeinsamen Reise sind wir bei Salzburg nach Deutschland und weiter über München in Richtung Stuttgart gefahren. Je näher wir dem Ziel kommen desto nachdenklicher und besinnlicher werden wir. Was kommt jetzt, was kommt danach, gehen unsere zukünftigen Planungen und Wünsche in Erfüllung? Wie empfängt man uns. Die Kinder sind darin sorgloser, einfacher gestrickt. Sie sehen ihrer Zukunft mit Freuden entgegen. So kommt es, das ich morgens am letzten gemeinsamen Kaffeetisch laut überlege:

„Ohne Beruf, ohne Geld, ohne Führerschein, ohne linken Fuß, nur die Liebe zu dir Marietta. Reicht unsere Liebe zueinander aus. Wie werden deine Eltern mich empfangen. Werden die mich überhaupt aufnehmen, mich menschliche Niete und halber Krüppel oder werden die mich gleich zum Teufel jagen. Was meint Ihr dazu?"

Marietta und Julia sehen mich, voll des Mitleides, traurig an. Marietta beugt sich tröstend zu mir, legte ihre Hand auf die meine und spricht tröstend zu mir:

„Du armer, hilfloser Tropf zergehst vor Selbstmitleid. Du wirst doch vor dem Ziel nicht schlappmachen. Die ganze, weite, erlebnisreiche Reise hast du mit Bravour gemeistert. Hast gezeigt das du dein Leben meistern kannst, Kinder hüten ist mittlerweile dein Spezialgebiet. Ich möchte nicht vergessen dass du gleich zwei Frauen glücklich gemacht hast. Jetzt wird aber nicht gekniffen, da musst du durch. Manni, werd endlich erwachsen!"
Naja, zuversichtliche Lebenseinstellung ist Mariettas Motto schon immer gewesen. Mir läuft es trotzdem kalt über den Rücken, wie meint sie das, mit den „zwei Frauen glücklich gemacht", hat Julia doch geplaudert oder meint sie das eben nur allgemein. Bevor ich die Dummheit machen kann dies näher zu ergründen bemerkt Julia von der anderen Seite:
„Manni, nun reis dich aber am Riemen. Selbstverständlich ist deine Liebe zu Marietta stärker als alles in der Welt. Wenn ihr nur daran festhaltet, könnt ihr Berge versetzen. Ich glaube fest an dich, du schaffst das mit links. Notfalls kannst du dich immer an mich wenden, falls du Sorgen hast oder dich was bedrückt. Schließlich bist du mein allerliebster Freund, sowie Marietta meine beste Freundin ist."
Nun meinen die beiden, alles ist wieder im Lot und wenden sich den Kindern zu während meine nächsten Zweifel kommen. Ich bin Julias allerliebster Freund und Marietta nur die beste Freundin? Lieber wäre mir die Wortwahl, bester Freund und allerliebste Freundin gewesen. Jetzt darf ich aber beim besten Willen nicht nachbohren, Manni, sonst kommst du in größte Schwierigkeiten. Fröhlich beschwingt, in

freudiger Erwartung auf die Heimat und die Eltern setzen wir unsere letzte Etappe fort. Ich lasse mich davon anstecken. In mir nagen aber immer noch erhebliche Zweifel.

Am Stadtrand von Stuttgart besitzt Julias Familie eine große Villa. Julia hatte die letzten Tage, mit steigender Intensität, Telefongespräche mit ihren Eltern geführt. An der letzten Autobahnraststätte vor der Ausfahrt müssen sich alle, auf Anweisung von Julia, noch mal richtig frisch und chic machen.

„Meine Eltern sind pikfeine Leute, da müssen wir Eindruck schinden. Nein Blamieren tun wir uns nicht, weil wir auch feine Leute sind. Hab ich Recht, Rami, alles OK, Amira? Opa und Oma werden staunen wie groß ihr geworden seid. Lasst euch ruhig von ihnen auch mal abknutschen. Schließlich haben wir sie schon ganz lange nicht mehr gesehen. Gell Kinder?"

Rami grinst und Julia kann das Wiedersehen kaum noch erwarten. Sie muss sich die Tränen aus den Augen wischen. Hier, in der auf einem Hügel liegende geräumigen Villa mit großen gepflegten Garten haben ihre Eltern einen richtigen Willkommens-Empfang vorbereitet. Ihre Eltern, Geschwister, Onkel, Paten, Tanten und die Eltern von Devin sind zur Begrüßung gekommen. Julia ergreift zuerst das Wort und hält eine kleine Rede. Wichtig ist ihr das Andenken um ihren Mann Devin, seiner Familie und ihren Freunden in Syrien. Dann stellt sie ihre Kinder vor und zum Schluss kommen wir als ihre besten Freunde an die Reihe. Marietta und ich schauen uns an und sind erstaunt über ihre souveräne Gelassenheit und Selbstbeherrschung. Marwa und Amira suchen in all den Trubel Schutz bei uns und halten uns fest in der Hand. Rami war hingegen offener und macht mit seiner Mutter an der Hand die Runde. Der kleine Devin wurde von Tanten zu Omas weitergereicht. Es ist eine liebe und fröhliche Gesellschaft. Die Zeit vergeht, es wird langsam Abend und die Ersten, von den Onkel und Tanten, brechen auf. Wir möchten uns auch verabschieden und fangen bei Julias Eltern an.

„Nein, Nein das kommt überhaupt nicht in Frage. Ihr müsst bei uns über Nacht bleiben, das Gästezimmer ist schon hergerichtet. Bitte bleibt doch wenigstens über Nacht, Julia und den Kindern zu liebe. Bitte."

Nun sind Julia und die Kinder auch auf dem Plan und bedrängen uns. Wir sehen uns an, nicken beide und geben nach. Die Kinder jubeln.

Am anderen Morgen, es ist für uns alle eine zuerst ungewohnte Situation. Die Eltern von Julia möchten unbedingt mit uns gemeinsam Frühstücken und warten schon über eine Stunde ungeduldig auf uns. Es zieht sie gewohnheitsmäßig früh in ihre Geschäfte. Julias Bruder und Schwester sind schon ins Geschäft gefahren. Marietta und ich helfen den Kindern im Bad und beim Anziehen, während Julia Devin gebadet hat und ihn jetzt in Ihrem eigenen Zimmer stillt. Endlich kommen wir an den Tisch. Für Julias Mutter ist die Situation noch unwirklich und sie kommt überhaupt nicht auf die Idee, ihrer Tochter mit den vier Kindern helfend unter die Arme zu Greifen. Sie ist halt, die letzten zehn Jahre, jeden Morgen ins Geschäft gefahren. Für den Haushalt gibt es ja schließlich Angestellte. Das muss aber Julia mit ihrer Mutter klären, denke ich. Nun sind alle vereint am Frühstückstisch. Julias Vater bittet um Ruhe und spricht in seiner gewohnten Weise als bekennender Christenmensch ein ausführliches Tischgebet. In dieses bezieht er alle am Tisch versammelten Personen namentlich mit ein und dankt dem Schöpfer, für die unendliche Güte und Gnade, hier glücklich zusammen zu sein. Ich bin erstens ergriffen von dieser Herzenswärme des sonst so kühlen, berechnenden Geschäftsmann und zweitens diesen Respekt, sowie die andächtige Geduld der Kinder. Ein wahrhaft feierlicher Moment. Das hat es bei uns zu Hause nie gegeben, zumindest erinnere ich mich nicht daran. Nach dem Frühstück nimmt mich Julia zur Seite und übereicht mir die Schlüssel, die Papiere nebst Kraftfahrzeugbrief und einen Kaufvertrag über den Ford-Bus. Ich bin perplex und sage erst mal gar nichts. Dann lese ich mit Marietta den Kaufvertrag durch, das Fahrzeug für einen Preis von zwölftausend Euro ist bereits von mir bezahlt? So steht es im Vertrag geschrieben.

„Was soll das, Julia, was ist das, warum gibst du mir das, was soll ich damit machen, ich hab doch keinen roten Cent, ich kann das nicht bezahlen, Julia, wovon denn?“,
stottere ich Julia entgegen.

„Das ist jetzt dein Auto, das kannst du fahren oder verkaufen. Ich brauche es nicht mehr. Mein Vater schenkt mir einen neuen kleineren VW-Bus. Der ist für mich und meine

Kinder gedacht. Kannst du dich erinnern, der Onkel meines Vaters hat gesagt, dass ihr es nicht bereuen sollt und ihr für meine sichere Rückkehr belohnt werden sollt. Das ist dein Anteil als liebevoller und fürsorgender Kindergärtner", antwortet sie lächelnd.

„Ich hab doch gar keinen Führerschein!",
kommt es aus mir heraus.

„Das ist kein Problem, dann machen sie den mal eben, das müsste ihnen dabei helfen, wir sind euch beiden zu Dank verpflichtet, junger Freund!",
sagt Julias Vater und überreicht mir einen Scheck von zweitausendfünfhundert Euro mit den Worten:

„Nutze das Geld für eine sinnvolle Zukunft."
Ich bedanke mich so höfflich wie ich kann. Ich bin von den Socken. Das habe ich wirklich in meinen kühnsten Träumen nicht erwartet.

Der Abschied war nicht einfach, die Kinder haben geweint, wir sollen bei ihnen bleiben, so ist ihr Wunsch. Auch Julia wischt verlegen mit dem Taschentuch im Gesicht.

Nach ein paar Kilometer, wir unterhalten uns, wie still es im Bus jetzt ist, kommen auch uns die Tränen. Mir fällt auf das Julia irgendwie anders aussieht. Sie hat heute Schmuck angelegt. Ich habe noch nie echten Gold-Schmuck an ihr gesehen. Irgendwie wirkt sie noch hübscher und eleganter. Sie hat sich auch geschminkt und Rouge aufgelegt. Ihre lange Narbe im Gesicht und am Hals ist viel weniger, eigentlich fast nicht zu sehen.

„Na, Marietta, jetzt willst du aber echt Eindruck schinden wenn du nach Hause kommst, hast dich ja richtig rausgeputzt, siehst echt toll aus, also wirklich“,
sie lächelt mir liebevoll zu und meint:
„Du bist doch nicht neidisch, oder magst du das nicht, steht mir doch gut mein neues Outfit, der Schmuck ist doch toll, sag schon.“
„Diesen glitzernden Goldschmuck hab ich noch nie an dir gesehen, aber steht dir gut“
„Kannst du auch nicht, Manni, den hat mir Julia zum Abschied geschenkt. Ist bestimmt echt wertvoll und stammt aus ihrer eigenen Kollektion. Alles passend zu einander, mit gleichem Design. Ohrringe, Halskette und dieser tolle Ring sind jeweils aus Weiß-, Gelb- und Rotgold verschlungen, von ihr kreiert. Ich habe erst abgelehnt, nun was sollte ich tun, sie hat absolut darauf bestanden.“
„Marietta findest du es nicht alles übertrieben, diese Geschenke von Julia und der Familie“
„Eigentlich ist das voll peinlich, da gebe ich dir Recht. Aber sehe das mal so, ich glaube, denen tut das finanziell überhaupt nicht weh, die Freude sowie die Dankbarkeit über die gesunde Heimkehr ihrer Tochter und der süßen Enkel sind echt ehrlich gemeint. Übrigens, Julia hat gefragt ob wir die Patenschaft für Devin übernehmen würden. Ich habe, mit deinem Einverständnis vorausgesetzt, vorläufig erstmal „Ja“ gesagt.“
Über Reutlingen geht unsere Fahrt zur Schwäbische Alb, der Heimat von Marietta. Die schwäbische Alb ist ein

Mittelgebirge, malerisch gelegen zwischen Donau und Neckar oder Stuttgart und Ulm. Die Leute sind hier bodenständig und tüchtig. Dies sieht man den blitzsauberen und gepflegten Dörfern und anmutigen Städtchen sofort an. Oben auf dem Plateau liegt ein malerisches Dorf in einer kleinen geschützten Senke. Einige Bauernhöfe halten hier, neben Ackerbau, noch Kuhherden, welche auf den saftigen Weiden grasen. Am Ortsrand steht zur Anhöhe hin ein sauberes kleines Industriegebiet. Es schließt sich harmonisch und unauffällig an, da es mit einem Grüngürtel aus Buschwerk und verschiedenartigen Bäumen umgeben ist. Hier befindet sich auch Mariettas elterlicher Betrieb, die Firma Kronenthal. Mit 250 Mitarbeitern ist sie der Hauptarbeitgeber der Großgemeinde, welcher auch die umliegenden Dörfer angehören. Julia hat telefoniert, zuhause ist niemand, alle sind in der Firma. Wir fahren also direkt, mit unseren mittlerweile frisch gewaschenen, polierten und auch innen gereinigten Bus, dort hin. Die Pflege und das wienern des Fahrzeuges haben uns über zwei Stunden gekostet. Mariettas Argument ist überzeugend:

„Mein Vater ist ein äußerst korrekter und arbeitsamer Mensch. Er legt großen Wert auf Ordnung und Sauberkeit. Seine Fahrzeuge und Maschinen sind stets gepflegt und gereinigt."

„Joh, joh, ich bin‘s zufrieden",
ist meine lapidare Antwort.

„Er würde mir nicht verzeihen, wenn ich mit einem außen und innen schmuddeligen Fahrzeug auf dem Betriebsgelände oder vor seiner Haustüre parke. Ich bin auch so erzogen und kann nicht anders. Aber sieht doch auch gut aus, unser treuer Bus. OK, Manni?“

„Hast ja Recht, macht eben auch einen besseren Eindruck“

Der Empfang in der Firma ist eher kühl. Mariettas Eltern drücken uns beide zwar herzlich aber eine überschwängliche Freude wie bei Julias Eltern kommt nicht rüber. Man wendete sich nach zehn Minuten sofort wieder seinen Geschäften zu.

„S' Geschäft geht vor Privates, von nix kommt nix. Das ist hier auf der Alb das Grundmotto und da rüttelt keiner dran“ ist Mariettas enttäuschende aber akzeptierente Meinung dazu. Wir gehen zu ihrem Schreibtisch am Ende des Bürotraktes und bereiten mit dem Computer gemeinsam unsere Präsentation über das Werk in Hermannstadt in PowerPoint vor. Morgen um Punkt 10:00 Uhr ist eine Konferenz der Geschäftsleitung hierzu vorgesehen. Wir wollen einen kompetenten Eindruck unserer Recherchen abliefern. Am späten Abend fahren wir zum Elternhaus von Mariettas Eltern. Nach dem relativ schweigend verbrachten Abendessen bittet uns Mariettas Vater in Wohnzimmer. Hier ist auch der Bruder von Marietta, der erfolgreiche promovierte Betriebswirt, mit seiner Freundin Antonia, einer Arzttochter aus Bad Urach, anwesend. Sie studiert fleißig Jura und möchte Anwältin werden. Mariettas Vater macht einen guten Rotwein auf, nicht ohne darauf zu verweisen wieviel der edle, gute Tropfen kostet. Nach einigen belanglosen Gesprächen, hauptsächlich übers Geschäft, ergreift Mariettas Vater das Wort:

„So, unsere Marietta ist von ihrem sozialen Jahr zurück und bringt uns einen neuen Freund mit. Bedauerlicherweise ist unser lieber Jussuf auf der Reise ums Leben gekommen. Also, Marietta wir verstehen deine Trauer, auch das du sie schnell überwinden willst und bereits wieder einen neuen Freund hast. Wir zeigen auch dafür Verständnis dass euch eure Verletzungen irgendwie zusammen geführt hat und euch verbindet. Nur, wie geht's mit euch weiter? Was habt ihr mit eurer Zukunft vor? Was wollt ihr Mal werden? Wie ist euer Plan? Ihr könnt doch nicht euer Leben so verplempern! Langsam werdet ihr doch erwachsen! Das sehe ich doch so richtig, oder?“

Marietta hat diese Ansprache erwartet. Mich hat sie informiert dass es so oder so ähnlich ablaufen wird. Wir haben unterwegs schon darüber gesprochen wie wir uns verhalten wollen. Nur ich bin von der Härte, der Kälte und Direktheit ihres Vaters doch überrascht. Ich überlasse gerne Marietta, den Part einer gescheiten Antwort. Sie ist auch dazu bereit, passend darauf zu reagieren. Schließlich kennt sie aus ihrem früheren Familienleben die kurze, präzise und gleichzeitig auf Erfolg getrimmte, fordernde Art ihres Vaters. Dem Rest der Familie ist die gleiche Eigenschaft anerzogen oder auch in die Wiege gelegt. Deswegen zögert Sie auch nicht lange. Sie blickt mich an, nimmt meine Hand und antwortet für uns beide:

„Lieber Papa, liebe Mama, lieber Bruder, liebe Antonia. Ich habe bewusst die Anrede, LIEBE, betont. Liebe ist vielfältig, vielschichtig, es gibt viele Variationen und Ausdrucksformen der Liebe. Reisen bildet, ergibt neue Einblicke in das Leben, formt den Geist, verändert das Gefühl und beeinflusst die persönlichen Ansichten der Dinge. Daher glaube ich auch, über die uns verbindende Liebe sprechen zu können. Nein, das kann ich mit ruhigem Gewissen sagen, eine überschäumende, besonders herzliche Liebe habe ich in dieser, meiner Familie wenig verspürt. Aber ich bin dankbar und stolz auf meine Familie. Sie gibt mir immer ein Gefühl von Sicherheit, Berechenbarkeit, Stolz und Zuverlässigkeit. Das ist und bleibt eure Form der Liebe, welche ich keineswegs negativ finde oder verachte. Ich hatte und habe auf meiner vergangenen Reise eine andere Art und Form von Liebe erfahren dürfen. Diese möchte ich in Zukunft nicht missen und diese Liebe auch mit Freuden erwidern. Papa, versteh mich bitte nicht falsch, aber ich nehme mein Leben weiterhin selbst in die Hand. Ich verspreche dir, ich werde dich nicht enttäuschen. Ich danke dir insbesondere für deine materielle Unterstützung und hoffe du wirst sie mir auch in Zukunft nicht versagen, bis ich auf eigenen Füßen stehen kann. Manfred und ich haben bei unseren Besuch bei deiner Firma, Kronplast in Hermannstadt, umfangreich recherchiert und einen ebenso umfangreichen Bericht darüber gemacht. Bitte höre dir erst einmal unsere Vorschläge morgen dazu an, dann mach dir ein Bild über unsere Fähigkeiten als Team und dann reden wir über unsere Zukunft. Hier meine ich nicht nur die Zukunft von Manfred und mir, sondern auch der Familie und des Unternehmens."

So das hat aber gesessen. Da hat die Familie aber erst mal dran zu knabbern und zu kauen. Betretenes Schweigen herrscht im Wohnzimmer. Schäferhund Rex unterbricht die Stille mit lautem Gebell, draußen über den Freisitz vor dem Wohnzimmer ist wohl eine Katze vorbei gehuscht. Mariettas Papa geht raus und bringt ihn wieder zur Raison. Dann ergreift als erster wieder das Wort, mit unternehmerischem Selbstbewusstsein spricht er zu uns:

„In Ordnung Marietta, ist ja alles Gut und Schön, das akzeptiere ich erst mal so, morgen sehen wir dann weiter. Aber ich möchte danach eine Entscheidung, eine Zielvorstellung von dir hören. OK? Nun erzählt uns erstmal über eure Reise, wie ist es euch ergangen, was habt ihr alles erlebt. Wo habt ihr euch denn alle rumgetrieben. Wie ist das eigentlich mit euren Verletzungen passiert?"

Ich sage nur das nötigste, aber Marietta ist in ihrem Element und sprudelte förmlich ihre Erlebnisse heraus. Es gibt ja auch viel zu erzählen. Marietta bringt ihre Erzählung dramatisch und äußerst plastisch rüber. Dass war eben eine lange Zeit der Abwesenheit. Mariettas Mama ist gerührt und wischt sich die Tränchen aus den Augenwinkeln. Langsam taute das Eis auf und Papa nimmt mich in den Arm.

„Also Manfred, es wird Zeit das wir auf Du und Du anstoßen, du trinkst doch einen guten Cognac, oder?"

„Natürlich, ich fühle mich sehr geehrt Hans-Peter"
„Peter reicht, alle nennen mich nur den Peter, aber ich bin kein Schwarzer Peter, ich bin wie ich bin, ein Schwabe, Prost Manfred"
Naja, das Eis scheint zwar gebrochen aber ich spüre in seinem Unterton immer wieder seine Überheblichkeit. Nach einigen wechselnden Themen kommen wir, wie kann es auch anders sein, auf die Arbeit, aufs Geschäft zu sprechen. Ich könnte vorerst bei ihm in der Firma mithelfen, meint er:
„Aufträge haben wir mehr als genug und Leute haben wir zu wenig, verdienen tust wie die anderen Ungelernten, das ist nicht das schlechteste!"
„Was soll ich machen, ich hab nichts gelernt"
„Meldest dich morgen beim Meister in der Fertigung, der schaut wo er dich am besten einsetzt, sag ihm aber des, des mit deinem Fuß!"
„Danke Peter, ich werde mein Bestes geben!"
Mein erster richtiger Job begann am anderen Morgen und die Arbeit war abwechslungsreich. Ich war wissbegierig und lernte schnell. Die Firma hatte durch meinen Schwerbehinderten-Ausweis, den ich kurze Zeit später bekam, auch noch einen geringen finanziellen Vorteil. Nur Marietta war anfangs von dieser Idee nicht so angetan. Später fand sie dies ganz in Ordnung. Ihr Vater hat, entgegen ihren Erwartungen, mich sogar wegen meiner Geschicklichkeit und den neuen Ideen gelobt.

Von einem neutralen Handy, welches mir Marietta von einem Freund aus der IT-Branche besorgt hat, traue ich mich endlich meine Eltern anzurufen. Bisher habe ich immer Angst gehabt in irgendeiner Form mit meinen Eltern in Verbindung zu treten. Weder Brief noch Telefon möchte ich benutzen. Direkt hinfahren will ich erst gar nicht. Die Angst dass mich meine Vergangenheit einholen könnte war einfach zu groß. Die schrecklichen Drohungen und drakonischen Strafen des IS gegenüber Abtrünnigen sind mir schon in Erinnerung geblieben. Ich habe es selbst nicht gesehen, aber einige Kämpfer haben mir von regelrechten Standgerichten mit anschließenden Hinrichtungen berichtet. Schlimmstenfalls wird mich einer meiner früheren Glaubensbrüder heimtückisch umbringen. Noch mehr fürchte ich, dass man mich zwingen wird in Deutschland aktiv zu werden. Dies wiederum kann bedeuten dass ich erpresst werde, ein Selbstmordattentäter zu werden. Bei einer Gehirnwäsche oder Mord-Drohungen, gegen über meiner nächsten Angehörigen oder Marietta, ist dies dann die einzige Lösung, anderes Leben zu schonen. Natürlich werde ich durch so eine wahnwitzige Aktion von meinen Sünden befreit und komme direkt in den Himmel. Aber mir gefällt es im Moment auf der Erde zu gut, als das ich mein Leben aufs Spiel setzten will. Hinzu kommt noch von anderer Seite eine Gefahr, welche, aber weitaus geringer, mich ängstigt. Es ist mir nicht näher bekannt, ob beide Seiten, wenn auch unbewusst, meinen Aufenthaltsort aufdecken werden. Die andere Seite ist der Verfassungsschutz des Bundes oder der Länder. Dieser kann mir auch unangenehm werden. Deshalb muss ich jedes Handeln genau überlegen und meine relative Anonymität so lange wie möglich ausnutzen bis Gras über die Sache gewachsen ist. Also rufe ich, mit einer Notlüge, an:

„Guten Tag, hier ist der städtische Reinigungsdienst, kann ich bitte Frau Paulin sprechen?",

so fange ich verlogen an.

Mein Vater ist am Telefon, ich höre ihn rufen:

„Alte, Alte komm mal her ans Telefon, ist für dich, hörst du, du sollst ans Telefon kommen, verdammt noch mal wo steckst du denn, G-I-E-S-E-L-A!"

ich höre das Klappern ihrer Schuhe auf der Treppe näherkommen.

„Ja, hier ist Giesela Paulin, wer ist am Apparat?"

„Ich rufe an vom städtischen Reinigungsdienst, ist Ihr Sohn Manfred Paulin zu sprechen?"

„Nein, der wohnt schon seit drei Jahren nicht mehr bei uns"

„Können sie mir sagen wie ich Ihn erreichen kann, es geht um eine Arbeitsstelle für Ihn, er hat mir diese Adresse genannt!"

„Der ist vor drei Jahren zu einem Fortbildungskurs nach Potsdam gefahren, wir haben seit dieser Zeit nichts mehr von ihm gehört. Wir wissen nicht wo er steckt, eigentlich ist uns das auch egal, wir haben deswegen eine Sorge weniger!"

„Können sie mir vielleicht sagen ob sich in den letzten Monaten jemand nach ihm erkundigt hat?"

„Nein davon weiß ich nichts"

„Überlegen sie genau, es ist für uns wichtig, hat niemand nach ihm gefragt oder sich nach ihm erkundigt? “

„Jetzt wo sie das sagen, vor drei, vier Monaten etwa, glaub ich, da war einer an der Tür, so ein Moslem, Abdul oder so ähnlich, der hat auch so komisch nach ihm gefragt. Aber ich weiß nichts, habe ich dem auch schon gesagt! Von dem habe ich schon seit Jahren nichts mehr gehört, hab ich gesagt. Ist mit auch egal. Lassen sie mich damit in Ruhe, wollen sie sonst noch was? Dann sage ich mal Tschüß!“

Mir ist ganz heiß geworden bei dem Gespräch mit meiner Mutter. Es ist eben doch meine Mutter. Mein Vater ist mir eher egal. Nur der Moslem Abdul, das konnte doch nur Abdulnasir sein! Nur was vermutete er? Ahnt er etwas von meiner Existenz oder will er nur sicher sein das ich nicht eventuell doch aus dem Kampf in Deir al-Zour lebend herausgekommen bin?

Wenn der nur einmal nach mir gefragt hat, wird er hoffentlich keinen Verdacht mehr hegen, kommt mir in den Sinn. Eine Woche später habe ich noch mal angerufen und meinen Besuch mit Marietta angekündigt. Diesmal habe ich mich aber zu erkennen gegeben. Ich glaube, sie hat sich doch ein bisschen gefreut über mein Lebenszeichen. Schließlich bin ich ja ihr Sohn.

Wir sind dann ein paar Tage später hingefahren. Ich will einen neuen Pass und eine Geburtsurkunde im Stadthaus meiner Heimatgemeinde beantragen und mich gleichzeitig ordnungsgemäß ummelden. Marietta habe ich auf unsere bescheidenen Verhältnisse vorbereitet. Es sieht Zuhause besser aus als von mir erwartet. Vater hat wieder eine Arbeit, wenn auch nur bei einem Wach- und Schließdienst, aber er sieht gepflegt aus und hat eine schicke Uniform an. Mutter hat einen Job als Schreibkraft im Ausländerbüro, vom Amt für Arbeit bekommen, erst mal nur befristet, aber es sieht nicht schlecht aus für sie. Vater hat mit einem Arbeitskollegen die Wohnung neu tapeziert. Das macht sich gut, alles ist jetzt schön hell in der Wohnung. Meine Schwester hat einen zehn Jahre älteren Taxiunternehmer geheiratet nach dem sie ein Kind von ihm bekam. Mutter meint, sie ist schon glücklich mit ihm. Eigentlich ist alles wieder im Lot. Mutter weint, als sie mich in die Arme nimmt und herzhaft drückt, sie hatte mich doch vermisst! Vater blieb cool und gelassen, aber er ist wenigstens nett zu uns! Er muss aber kurz darauf zur Arbeit. Meine Schwester Monika kommt nachmittags zum Kaffee. Stolz bringt sie ihren kleinen Martin mit. Sie sieht ganz manierlich aus und hat ihre Verhältnisse anscheinend auf die Reihe gebracht. Ihr netter Mann schaut nur kurz rein, bringt ein Kuchen mit und begrüßt uns im breiten sächsisch:

„Hallo ich bin de Manuel, leider mus'esch noch weiter auf de Tour, heute Nochmittag hohbesch noch zwee Krankenfahrten. Eene Fohrt nach Bautschen, und eene noch Dräschden. Mir sähn uns vleischt noch, joh."

Mein kleiner Neffe, Hans-Martin, mit seinen zwei Jahren ist echt süß, anfänglich ziert er sich noch ein bisschen. Später liegen wir zwei, fröhlich spielend, unterm Küchentisch. Jeder brummte mit einem kleinen Spielzeugtrecker-Modell seine

Runden. Die drei Frauen haben ihre Ruhe und sind über ihre Themen fleißig am Quasseln. Es hat den Eindruck, die verstehen sich ganz gut.

„Was ist denn mit deinem Fuß passiert, Junge wo ist den dein Fuß geblieben. Nee was ist den dir passiert. Is ja furchbar, is ja schrecklich, Manni was hast du gemacht?" Meine Mutter hat, als ich unter dem Tisch liege, wegen dem unbemerkt hochgerutschten Hosenbein, meine Prothese entdeckt. Jetzt muss ich ihr das erstmal erklären und irgendwie schonend beibringen.

Kapitel 11

Mai 2014

Nun habe ich endlich vom Standesamt meiner Heimatstadt eine Geburtsurkunde und einen gültigen Personalausweis zugeschickt bekommen. Marietta und ich haben in einer verzückten, romantischen Liebesnacht von Heirat gesprochen. Sie hatte Ja gesagt, unter der Bedingung dass ich ihren Nachnamen annehme. Ich fand das nicht unbedingt nachteilig und willigte ein. Aber wir sind uns einig. Keine große Hochzeit, sondern eine standesamtliche Trauung mit minimalstem Aufwand. Ohne großes Getöns. Wann? Schnellst möglichst! Wo? Auf der Schwäbischen Alb! Trauzeuge Julia und Mariettas Bruder, aber beide pur, ohne Anhang. Beschlossen und verkündet, naja verkünden nichts richtig, eher heimlich. Sonst kommt noch jemand auf die Idee die Sache hinter unserem Rücken groß aufzuziehen. Also gehen wir beide zum Standesamt in Mariettas Gemeinde. Der Standesbeamtin drohen wir mit Ermordung falls Irgendeiner davon vorher erfährt. Sie schwört, beim Leben ihrer Kinder, absolut zu Schweigen. In zwei Wochen ist der Termin unserer Heirat.

Am Tag unserer Hochzeit steht in der Lokalzeitung:

„Die Heirat unserer Tochter Marietta Kronenthal mit Manfred Kronenthal geb. Paulin geben bekannt. Wir freuen uns über unseren neuen Schwiegersohn, Hans-Peter und Sybille Kronenthal...“

So war das ja nicht geplant und es kommt wie es kommen musste. Das halbe Dorf steht vor dem Standesamt und will uns gratulieren. Der Gasthof platzt aus allen Nähten, so viele Leute haben meine Schwiegereltern eingeladen. Von meiner Verwandtschaft ist natürlich keiner gekommen. Wir haben ja auch keinen eingeladen. Ich bin voll deprimiert, bekomme voll die Krise. Komme mir vor, als dass fünfte Rad am Wagen. Alle aus dem Dorf, auch entfernte Verwandte und Bekannte bringen irgendwelche Geschenke und Glückwunschkarten. Tagelang haben wir danach zu tun mit auspacken zu registrieren und uns zu bedanken. Das ist uns voll peinlich. Alle fragen mich was mit meinen Eltern und Geschwistern los ist. Wir sind stinksauer auf Mariettas Eltern. Marietta schimpft, nach einer vorangegangenen kleinen kontroversen Diskussion, einige Tage später lauthals beim Mittagessen:

„Ich schäme mich dafür, dass mein Mann meinen Namen Kronenthal angenommen hat“

Ihr Vater Peter kontert:

„Warum das denn, Kronenthal ist ein ehrenwerter und ein Name mit Tradition“

Wütend antwortet Marietta:

„Die kannst du dir an den Hut stecken, du hast dich nicht an unsere Abmachung gehalten und unsere Feier wieder einmal nur für dein zu befriedigendes Ego missbraucht.“

Jetzt muss ich endlich auch was sagen:
„Euer Verhalten hat uns schwer gekränkt, ich kam mir vor wie das fünfte Rad am Wagen. Abmachungsgemäß hatte ich keine meiner Verwandten eingeladen. Ich stand dort wie ein begossener Pudel."
Nun meldet Mutter Sybille sich leise und weinerlich zu Wort:
„Wir haben es doch gut mit euch gemeint, war doch eine schöne Feier, seid doch nicht so undankbar, meine Kinder"
Peter setzt noch einen drauf:
„..und was des Alls gekoscht hett!"
Marietta setzt den Schlussstrich:
„Danke Papa, das musste jetzt ja auch noch kommen, darauf habe ich nur noch gewartet. Danke, bevor du uns auch noch Miete und Logis abknöpfst, teil ich dir offiziell mit, dass wir schnellstens ausziehen. Vielen, Vielen Dank Papa."

Ich spreche nur noch das nötigste in möglichst knapper Form mit ihnen. Marietta schweigt und spricht mindestens schon zwei Wochen kein Wort mit Ihren Eltern. Außer im Geschäft, da gelten andere Regeln, nach dem Motto:
„s'Geschäft geht vor, privates gehört da net hinn!"

Zum Glück haben wir mittlerweile eine kleine möblierte Wohnung im Nachbardorf, auf dem Bauernhof bei einer Freundin von Marietta, angemietet. Hier haben wir einen schönen Rückzugsort. Mariettas Freundin Natalie bewirtschaftete mit ihren um fünf Jahre älteren Mann und dessen verwitweten Vater eine Milchviehwirtschaft von schon beachtlicher Größe. Dieser neue Aussiedlerhof liegt idyllisch in einem Wiesengrund. Über achtzig Prozent der Landwirtschaftlichen Fläche sind von den aufgegebenen Kleinbauernhöfen der Umgebung gepachtet. Sie haben über 100 Milchkühe, 20 Kälber und 50 Bullen zu versorgen. Natalie hat einen Haushalt von drei Erwachsenen und zwei Kinder zu erledigen. Das Mädchen geht bereits zur Schule und der Bub in den Kindergarten. Wir verstehen uns gut und helfen auch am Wochenende oder über Feierabend schon mal etwas mit. Von Mariettas Eltern halten wir uns fern, in der Firma sehen wir uns zwangsläufig. Hier geht es aber nur um die Arbeit und sonst nichts. Für mich ist dieser Zustand eher angenehm, während Marietta doch etwas darunter leidet. Ihre Worte dazu sind:

„Meine Eltern denken in erster Linie ans Geschäft, zweitens an sich selbst und zuletzt an ihre Kinder. Das tut mir zwar weh aber ich komme immer besser damit klar, je weiter ich mich von Ihnen entferne."

„Manni, du hast den Vorteil dabei, du bekommst eben dadurch immer mehr Liebe von mir, mein Schatz"

Und schon kuschelte und kitzelt sie mich, bis ich vor Lachen nicht mehr kann und am Boden liege.

„Julia hat angerufen und möchte uns am Sonntag besuchen. Mit Natalie habe ich gesprochen, am Wochenende findet hier sowieso ein kleines Hoffest statt und wir sollen unbedingt alle mitfeiern. Ich hab dich noch nicht gefragt? Du hast doch nichts dagegen?"

„Nein mein Schatz, ich freue mich immer auf Julia und ihre Rasselbande, das weist du doch."

„Ich weiß ja, Julia hat dir's angetan, deine Freundin!"

„Unsre Freundin, Marietta, immer noch unsre Freundin oder bist du vielleicht eifersüchtig. Dazu hast du keinen Grund, wirklich nicht!"

„War doch nur ein Scherz, geh nicht gleich auf die Palme, aber ich muss schon auf dich aufpassen, Julia ist eben eine begehrenswerte attraktive Frau, aber du liebst ja nur mich, gell mein Schatz!"

Immer diese Seitenhiebe. Ich bin mir eben nicht sicher ob Julia sich mit Marietta über unseren erotischen Nachmittag in Hermannstadt unterhalten hat. Also sing ich ihr, wie in einem alten Schlagertext, mit einer Umarmung fröhlich entgegen:

„Du nur, Du allein, sollst meine Freud und Wonne sein"

Opa Fritz, Friedrich Wilhelm Paulin ist im Alter von vierundneunzig Jahren gestorben. Bei meinem letzten Besuch vor zwei Monaten an seinem Geburtstag wollte er noch hundert werden. Aber den zweiten Schlaganfall in der letzten Woche hat er nicht überlebt. Oma ist dement und schon drei Jahre im Pflegeheim. Mein Vater sagte zu mir:

„Die kriegt nix mehr mit, die erkennt mich nicht mehr, die lebt in einer anderen Welt."

Wir fahren zur Beerdigung, beschließen Marietta und ich. Es ist eine kleine Beerdigung im kleinen Familien und Freundeskreis. Aber über fünfzig Trauergäste sind es doch.

Beim anschließenden Leichenschmaus spricht mich ein eleganter graumelierter Herr an. Er übergibt mir einen Brief meines Großvaters, mit der Bitte, diesen in Ruhe zu lesen. In zwei Tagen sollen wir wegen der Testamentseröffnung von Opa bei Ihm vorsprechen. Auch Vater, Mutter und meine Schwester sind dazu geladen. Ob 14:00 Uhr passen würde. Wir nicken alle zustimmend.

Wir sitzen gespannt im Sitzungszimmer der Anwaltskanzlei in der Potsdamer Innenstadt nahe der Nikolaikirche. Marietta will sich in der Zeit das Tropenparadies Biosphäre anschauen.

Opa Fritz hat immer bescheiden gelebt. Nach dem Krieg ist er als ehemaliger Feldwebel der Artillerie von der neu gegründeten NVA eingestellt worden. Als geschulter Artillerist mit Führungserfahrung war er dem jungen SED-Staat willkommen. Bald wechselte er in den Offiziersrang und stieg in der Hierarchie auf. In der 40. Artilleriebrigade zuerst in Berlin-Johannisthal später in Blankenfelde brachte er es noch bis zum Major. Noch vor seiner Pensionierung zog er mit der Familie in die Nähe von Potsdam. Hier war er als Abgeordneter im Stadtrat noch lange Jahre aktiv. Das Häuschen hatte er mit einem modernen Anbau versehen und später ein Stockwerk vermietet. Der große Garten grenzte an den Waldrand.

„Aber sonst hat der doch nichts zu vererben und wenn doch, geht bestimmt alles für die Pflege von Oma drauf."

So spekuliert mein Vater schon im Vorfeld der Testamentseröffnung. Große Erwartungen hat er nicht. Seine Beziehung zu seinen Eltern hat er nie sonderlich gepflegt.

Der graumelierte Anwalt und seine hübsche rothaarige Schreibkraft betreten das Büro und begrüßten uns alle, bevor sie auf der anderen Seite des Tisches in Position gehen. Nach Feststellung der Personalien öffnet der Anwalt einen Aktenordner.

„Unser verehrter Verblichener, Herr Major a.D. der NVA, Friedrich Wilhelm Paulin, hat wie folgt über sein Vermögen verfügt. Amtlich beglaubigte Niederschrift und Testament vom 25.09.2014. liegt mir vor. *„Meine Frau Elisabeth Paulin geb. Wartenfels ist hochgradig dement. Ihre Witwenrente und ihr restliches Eigenvermögen reichen für ihre Versorgung aus. Das Vermögen meiner Frau wird nicht von mir beansprucht und über die Verwendung erst nach ihrem Tode in einem eigenem Testament geregelt".* Kommen wir also zu den einzelnen Punkten dieses Testaments......."

Es folgen einige weiter Ausführungen und Regeln einer Nachfolgeregelung mit juristischen Floskeln.

Mein Vater und meine Mutter erben ein gut vermietetes, sechsstöckiges Geschäftshaus in Berlin-Lichtenrade sowie ein beträchtliches Sümmchen von Konto Nummer eins. Dies alles stammt größtenteils noch aus der Erbschaft von Oma Lisa, aus der wohlhabenden Familie Wartenfels. Diese zusätzliche

Einnahme wird meiner Eltern bestimmt den Lebensabend sichern helfen.

Meine Schwester bekommt ein kleines, aber feines Ferienhaus am See in Storkow und ein kleineres Sümmchen auf Konto Nummer zwei. (Opa hat die Bemerkung hinterlegt, das Monika eigentlich nicht blutsverwandt mit ihm ist, er sie aber nicht unberücksichtigt lassen will.) Diesen Rückzugsort haben sich Oma und Opa heimlich zugelegt. (Er hatte uns immer im Glauben gelassen, das Häuschen am See gehörte seinem Freund aus der NVA-Zeit) Hier kann die junge Familie meiner Schwester herrlich Urlaub machen oder ein verlängertes Wochenende verbringen. Da Monika jetzt Familie hat, kommt ihr das schon sehr gelegen.

Als letztes komm ich an die Reihe. Nun wird nicht mehr viel übrig sein, denke ich. Dabei hat er mich immer seinen Lieblingsenkel genannt. Die Spannung in mir steigt. Es kommt wesentlich besser als ich denke. Sein Haus mit Grundstück in Potsdam mit allem Inventar gehörte jetzt mir. Hinzu kommt ein voll erschlossenes großes Baugrundstück in Blankenfelde. Hier sollen zehn neue Reihenhäuser mit jeweils zwölf Eigentumswohnungen in drei Stockwerken entstehen. Die Erschließungskosten sind von Ihm schon erledigt. Der Bauträger beginnt bereits mit dem Verkauf der Wohnungen und der Grundstücke. Also Lebensraum für 120 Familien. Dabei sind noch großzügig Platz für PKW-Stellplätze, Spielplatz und Gartenanlagen. Der Erlös der ursprünglichen

Grundstücke wird vertraglich in sechs dieser Eigentumswohnungen angelegt. Die großzügigen Eigentumswohnungen sollen im zweiten von fünf Bauabschnitten im bezugsfertigen Zustand mir übergeben werden. Wird wohl etwas Miete für mein Konto anfallen. Nicht zu vergessen das Konto Nummer drei. Auf Konto Nummer drei liegt ein Festgeldkonto von über einhundertfünfzigtausend Euro sowie einige kleinere Aktienpakete von insgesamt etwa neunzigtausend Euro. Zum Schluss übergibt der Anwalt mir einen Schlüssel zu einem Schließfach in der Commerzbank Berlin. Eigentlich bin ich jetzt ein gemachter Mann.

Alle sind zufrieden und gemeinsam besuchen wir Oma Lisa im Altersheim, aber sie erkennt keinen von uns. Wir haben den Eindruck dass sie zufrieden und gut aufgehoben ist. Gegen Abend löst sich die Gesellschaft auf und ich gehe ins Hotel in dem Marietta bereits auf mich wartet.

„Na, wie war es, war es schlimm, es hat so lange gedauert. Sag schon. Erbe angetreten oder mangels Masse abgelehnt!"

„Naja, es ist schon alles in Ordnung. Ich muss mich erstmal orientieren. Morgen gehen wir mal zu Opas Haus und gucken uns alles erst mal an."

„Kommen die anderen auch dahin? Kann ich mitkommen?" fragt sie neugierig.

„Nein, die anderen haben damit nichts zu tun, das Haus gehört jetzt uns allein, wir müssen nur erst mal nach dem Rechten sehen. Gewiss kommst du mit!"

Es ist mir irgendwie unheimlich und mulmig zu Mute als ich den Schlüssel von Opas Haus in das Schlüsselloch der verschnörkelten eichenen Haustüre stecke. Noch nie war ich vorher allein in diesem Haus. Bei meinen Besuchen in den Ferien bei Oma und Opa war immer jemand da. Einige Zimmer und der Keller sind mir verschlossen geblieben und für mich Tabu. Als ich älter wurde, habe ich mir nie einen Zutritt zu diesen Räumen erbeten. Marietta und ich gehen erst mal durch die Wohnung. Dann stellen wir uns den Mietern im zweiten Stock vor. Dies ist ein nettes Ehepaar um die Mitte sechzig. Er ist ein Lehrer und mit dreiundsechzig in Rente gegangen. Sie arbeitet noch als städtische Angestellte halbtags in der Stadtverwaltung und geht auch bald in Rente. Kinder haben Sie keine. Bei dem Gespräch in Ihrer nett eingerichteten großen Wohnung, mit großem überdachtem Balkon an der Giebelseite zum Garten, trinken wir eine Tasse Kaffee. Sie haben Angst dass wir sie rausschmeißen. Aber wir hegen keinerlei Absicht. Das beruhigt sie, man merkt ihnen ihre Erleichterung an. Im Gespräch stellt sich heraus das Sie eine angemessene, aber nicht zu hohe Miete für die Größe der Wohnfläche zahlen. Dafür haben sie in den letzten Jahren den Garten gepflegt, sich um den Müll und die Straßenreinigung gekümmert. Auch Opa haben sie mitversorgt. Also ähnlich wie ein Hausmeister fungiert. Wir akzeptieren das und lassen die Verhältnisse erst mal beim Alten. Dann signalisieren wir den beiden, dass sie noch möglichst lange mit diesen Bedingungen hier wohnen dürfen. Eigentlich sind es grundanständige und ehrliche Leute die an ihrem Lebensabend keine Unannehmlichkeiten oder Überraschungen mögen.

Marietta und ich wenden uns wieder unserer Etage zu. Diese ist, durch den Anbau des Wohnzimmers, den hausbreiten relativ neuen Wintergarten und den großflächigen Freisitz mehr als großzügig. Dazu kommt noch ein geräumiger Keller. Der Mieter beansprucht hier nur einen größeren Raum. Trotzdem, mit dem dreiviertel Rest der Kellerräume, noch groß genug, stellen wir einmütig fest. Einige Sachen sollten wir aber ausmisten, meint Marietta und ich gebe ihr Recht. In der Wohnung ist alles vorhanden, vom Geschirr, Gläser, Bestecke, Bettwäsche eher ein Vielfaches. Renovieren müsste man ein wenig, hier und da, wenn überhaupt. Es hat aber auch noch Zeit damit. Die Möbel sind zwar etwas altmodisch aber von bester Qualität stellt Marietta fest. Ihr gefallen sie anscheinend. Wir gucken mal hier, mal da in die Zimmer und Schränke gehen in den wirklich schönen Garten. Beim Sonnenuntergang trinken wir ein Gläschen, von Opas umfangreichen Weinvorrat, auf der Terrasse und beschließen:

„Morgen ziehen wir hier ein, Prost auf Opa Fritz, den alten Haudegen"

„Prost auf dich, Manni, den glücklichen Erben"

Also, am anderen Morgen, nach dem Frühstück, raus aus dem Hotel und zum neuen, alten Haus. Es dauert schon einige Tage bis wir uns in unserem neuen Domizil zurechtfinden. Auch ist einiges zu erledigen und wir verbringen einige Zeit auf irgendwelchen Ämtern. Der alte Lehrer und seine Frau sind uns sehr hilfreich dabei. Schließlich leben sie seit Urzeiten in diesem Haus. Nach einer Woche in Potsdam fahren wir erstmal wieder zur schwäbischen Alb. Hier müssen wir erstmal, wie Marietta sagt:

„Klar Schiff machen und einiges klarstellen"

Sie fügt hinzu:

„Manni, ich bin stolz darauf, dass du jetzt unabhängig bist und auf eigenen Füßen stehen kannst. Jetzt bist du nicht mehr so leicht moralisch zu erpressen. Ich glaube das steigert deinen Stolz und dein Selbstwertgefühl enorm. Dabei bin ich froh auf deiner Seite und zu dir zu stehen."

Der Umgang mit einem Schließfach im Tresorkeller der Bank ist für und mich erst mal richtig aufregend. Noch nie habe ich einen solchen Raum betreten. Personalausweis, beglaubigte Testament Abschrift, Erbschein, einige Formulare ausfüllen und Unterschriften leisten bevor man in den Schließfachraum erst mal überhaupt betreten darf. Dann der Schlüssel des vertrauenswürdigen Bankangestellten plus meinen Schlüssel in das jeweilige Schloss des Schließfaches und nun geht erst das Türchen auf. Der Bankmensch entnimmt zwei Blech-Kassetten aus dem Fach und stellt sie auf einen Tisch in einen von innen verriegelten, kleinen, fensterlosen Nebenraum. Ich öffne den Deckel und nehme ein Stapel Papiere sowie ein rotes Notizbuch ich aus der Kassette. Unter all den Papieren, welche ich später sichten will, kommt eine kleinere Kassette mit einer Münzsammlung zum Vorschein. Oben drauf liegt ein handgeschriebener Zettel von Opa, ich lese diese Notiz.

„Lieber Manfred, wenn du diesen Zettel liest bin ich bereits gestorben. Ich hoffe ihr hattet einen guten Leichenschmaus und somit mich in guter Erinnerung. Mit dieser wertvollen Münzsammlung verbindet sich mein ganzes Leben. Die ersten zwölf Münzen stammen von meinen Vorfahren und sind Erbstücke von hohem materiellem und ideellem Wert. Die drei kleinen Goldmünzen hat mein Ur-Urgroßvater für seine Verdienste vom Preußenkönig Friedrich II (dem alten Fritz) persönlich bekommen. Unsere Familie stand von jeher im Staatsdienst und so kamen weitere Münzen als Dank der Obrigkeit hinzu. Die anderen Münzen stammen von mir. Einige sind mir bei meinen Aufenthalten in den sozialistischen Bruderländern für meine Dienste dort verliehen worden. Andere habe ich bei gelegentlichen Auktionen ersteigert. Diesen Schatz, der heutige Sammlerwert beträgt weit über einhunderttausend Euro, bitte ich dich immer als eiserne Reserve zu betrachten und nur im äußersten Notfall zu verkaufen. Du hast aber Vermögen genug und solltest damit dein Auskommen haben. Weitere wichtige Information lese bitte im Roten Notizbuch nach. Dein, dich liebender, treuer Opa Fritz!“

Das, schon etwas verschlissene, Rote Notizbuch verbarg eine eigene Geschichte für sich. Dieses imaginäre Rote Notizbuch spiegelt das ereignisreiche vergangene Leben von Opa Fritz und Oma Lisa wieder. Hier hat Opa Fritz, fein säuberlich, mit militärischer Genauigkeit die Aufzeichnungen über das Vermögen und Besitzansprüche von seinem Großvater und

Vater weitergeführt. Hier gibt es auch eine Aufstellung der Papiere im Schließfach, welche zum einen persönliche Aufzeichnungen, Ehrungen und mehr ideelle Werte verkörperten. Des Weiteren ist der turbulente Lebenslauf der alten Herrschaften fein säuberlich dokumentiert. Die anderen Papiere sind Besitzurkunden, gültige Schuldscheine, Anteilsscheine von Unternehmen und seine hochbrisante Stasiakte. Alles sauber nummeriert und aufgelistet. Ich entnehme nur das Rote Buch, den Rest räume ich erst mal wieder ein. Mit dem, schon noch wertvollen, Rest will ich mich später befassen. Die einzelnen Papiere zu ordnen und richtig einzuschätzen das braucht seine Zeit. Das läuft mir ja nicht weg, denke ich. Dabei wird mir Marietta bestimmt helfen. Mit Papieren, Dokumenten und Vermögensverwaltung kennt sie sich gut aus. Zuerst muss ich aber dieses Rote Buch studieren und verstehen lernen. Ich stoße hiermit eine, mir geheimnisvoll und unbekannte, Tür zu meiner und meiner Vorfahren Geschichte auf. Dieser will ich mich nun verantwortungsvoll stellen.

Ich werde ja auch langsam erwachsen.

Hans-Peter Kronenthal ist verbittert und sauer als Marietta ihm eröffnete dass sie in Berlin studieren und nun wegziehen werde. Es geht mal wieder nicht nach seinen Kopf, nach seinen Plänen. Mutter Sybille hat da wirklich mehr Verständnis, darf es aber ihren Mann gegenüber nicht zeigen. Mariettas Bruder und seiner Freundin kommt unsere Entscheidung eher gelegen. Jetzt können sie die Bindung zur

Firma und deren Vermögen ohne die neugierige, störende Schwester besser festigen und ausbauen. Ich arbeite noch bis zum letzten Tag in der Produktion, als „Mädchen für alles", mit. Die Arbeit macht mir Spaß, ich bin flexibel was die Arbeitszeit angeht und ich lerne viel dazu. Zum Glück haben wir unseren Bus behalten. Mit diesem fällt der Transport von unserem bisschen Hab und Gut nach Potsdam leichter. Da das Haus meiner Großeltern reichlich und gut möbliert ist, lassen wir unsere bescheidenen aber zweckdienlichen Möbel in der Mietswohnung auf dem Bauernhof. Natalie nimmt das gerne an, sie braucht sowieso die Zimmer für ihre Kinder. Von Julia und den Kindern haben wir uns letzte Woche mit schweren Herzen verabschiedet. Sie hat versprochen, sie kommt uns besuchen bevor Rami in die Schule kommt. Wir freuen uns riesig darauf.

Es klingelt an der Tür:

„Schatz machst du auf, ich bin in der Dusche",
rufe ich nach Marietta.

„Ja, ja ich geh ja schon",
höre ich meine gestresste Marietta. Wir sind heute Abend in Berlin auf eine wichtige Party eingeladen. Nur in Unterhose bekleidet betrete ich den Flur, um mich im Schlafzimmer anzuziehen.

„Sind Sie Manfred Paulin"
fragen mich zwei Herren, welche sich mittlerweile vor Marietta gedrängt haben.

„Nein, mein Name ist Manfred Kronenthal, aber wer fragt so interessiert?"

„Das auf dem Bild sind doch sie?"

einer hält mir ein Foto von einem Haufen wilder Kerle mit ihren präsentierten Gewehren unter die Nase.

„Wer sind sie und was wollen Sie von mir"

„Wir sind Beamte vom Verfassungsschutz des Landes Brandenburg. Hier sind unserer Ausweis und nochmals die Frage, sind sie auf diesem Bild abgelichtet. Wenn sie Ja sagen, können wir uns vernünftig unterhalten und eventuell von einer Festnahme absehen!"

Eine Pistole hat der eine gezogen und richtet sie auf mich. Der andere wedelt mir mit Handschellen vor der Nase herum. Nun wohnen wir grad mal drei Monate in Potsdam, haben uns noch nicht richtig eingelebt und nun das. Wie komme ich da am besten raus. Marietta bricht das kurze Schweigen:

„Manfred, lege die Karten auf den Tisch, Ehrlichkeit zahlt sich immer noch am besten aus, wird schon nicht so schlimm werden. Du weißt ich stehe zu dir!"

„Also gut, irgendwann mussten sie mich ja finden, was wollen sie von mir wissen."

Wir setzen uns ins Wohnzimmer und beginnen mit einem Frage und Antwortspiel. Inzwischen hat Marietta meine Klamotten zum Anziehen geholt. Der jüngere Beamte schreitet ein und prüft erst einmal die Bekleidungsstücke. Der glaubt doch nicht dass ich eine Waffe oder sowas habe? Zwischendurch schlüpfe ich hinein und ziehe mich erst einmal an. Marietta mahnt mich immer wieder zur Ehrlichkeit. Ich habe aber Angst dass die ganze Wahrheit ans Tageslicht kommt und man mich anklagt oder einbuchtet. Der ältere, er ist auch der Dienstranghöhere, stellt die Fragen. Ich antworte nur knapp und wahrheitsgemäß, nehme bei meinen Erklärungen nichts vorweg. Der andere, deutlich jüngere Beamte, schreibt fleißig mit. Warum, wieso, weshalb, wann, wie, wo, Mann was die alles wissen wollen.

„Nein, ich bin geheilt vom Traum ein Muslimischer Held oder Märtyrer zu sein!"
sage ich genervt und zeige ihm meine Verletzungen, Narben an Kopf und Schulter sowie meinen fehlenden Fuß.

„Außerdem bin ich mittlerweile glücklich Verheiratet, habe dieses Haus und noch andere Sachen geerbt, also finanziell unabhängig, mache zur Zeit meinen Führerschein und möchte endlich einen Beruf erlernen oder eine eigene Existenz aufbauen. Aber ich schätze dass sie bereits bestens über mich Bescheid wissen?"

Nach zwei langen Stunden geht der ältere auf den Freisitz um mit dem Handy zu telefonieren. Nach zehn Minuten kommt er wieder ins Wohnzimmer und bleibt aber vor uns stehen.

„Also, mein Freund, sie bleiben bis auf weiteres in der Stadt, morgen holen wir sie gegen neun Uhr hier ab. Wir möchten sie weiter befragen und noch einen Spezialisten hinzuziehen. Keine Angst sie sind abends wieder zu Hause. Ich gebe ihnen beiden meine Telefonnummer. Hier ist meine Karte. Achten sie darauf ob man Kontakt aus islamischer oder salafistischen Richtung mit Ihnen aufnehmen möchte. Beim geringsten

Verdacht informieren sie uns umgehend. Unternehmen sie nichts, was sie in irgendeiner Weise gefährden könnte."
Der jüngere fügte hinzu:
„Sie wissen was für sie auf dem Spiel steht. Ich glaube wir sind auf einen guten Weg. Es wird sich alles aufklären. Wir finden bestimmt eine annehmbare Lösung für sie persönlich. Kopf hoch, Herr Paulin, ähm, ich meine Herr Kronenthal."
Die Party ist bereits im vollen Gange als wir die Lokation in Berlin-Spandau erreichen.

Nun habe ich endlich meinen Führerschein in der Tasche. Den Bus haben wir behalten, er passt nicht in die Garagen am Haus. In der ersten steht der Mercedes-Kombi vom pensionierten Lehrer und in der zweiten Garage der neue Golf von Marietta. Also haben wir eine neue größere und passende Fertiggarage drangestellt. Da diese länger ist, kann ich von hinten, trockenen Fußes durch die Garage in den Keller gelangen. Den Bus brauche ich für meinen neuen Job. Feuerwerker und Sprengmeister. Naja, Sprengmeister bin ich erst nach bestandener Prüfung in einem Monat etwa. Aber es sieht gut aus. Der Bundesweite Verfassungsschutz hat mich bedarfsweise eingestellt um Schulungen zu halten über die Gefahren und der Umgang mit geplanten Terroristischen Anschlägen. Ich habe streng kontrollierten Zugang zu Einrichtungen der Landeskriminalämter, der Bundeswehr und der Polizei. Auf deren abgeschirmten Übungsplätzen schule und trainiere ich jetzt Sprengmeister und Feuerwerker über die perfide Tötungsmaschinerie der Terroristen.

Hauptschwerpunkt liegt natürlich auf die Entschärfung von Spreng- und Brandsätzen. Aber dazu muss das Wissen über die Herstellung und Anwendung von solchen explosiven Gerätschaften vorab bei den Sprengmeistern von Militär und Polizei schon vorhanden sein. Meine Erfahrung und mein Wissen werden von den Spezialisten geschätzt. Einige Male wurde ich bei Bombenalarm und ernsthaften Bedrohungen hinzugezogen und konnte beraten, helfen und Schaden abwenden. Offiziell habe ich die Lizenz für den Vertrieb und Betreiben von größeren, erlaubnispflichtigen Feuerwerken. Hier arbeite ich mit einem befreundeten Unternehmer zusammen, wir unterstützen uns gegenseitig bei größeren Veranstaltungen, Jahrmärkten, Jubiläums-festen und ähnlichem. Dies ist aber nur Tarnung. Inoffiziell gehe ich von einer bevorstehenden Festeinstellung des Bundesamts für Verfassungsschutz mit einem passablen Posten aus. Marietta ist nicht gerade begeistert aber das ist ein Teil meines Deals. Ich muss notgedrungen, wegen meiner unrühmlichen Vergangenheit, einige Kompromisse eingehen. Bei einer korrekten Auslegung meiner Auslandstätigkeit wäre ich um eine Verhaftung, Verurteilung und späteren Haft nicht herumgekommen. Im Sinne des Gesetzes habe ich schwere Straftaten begangen. Also akzeptiert auch Marietta notwendigerweise diesen unbequemen Weg. Gleichzeitig bietet mir meine neue Verbindung einen gewissen Schutz, vor möglichen Versuchen der radikalen Islamisten, mich irgendwie zu erpressen.

Aber das ist nicht die ganze Wahrheit.
Das Rote Buch von Opa Fritz barg nicht nur Zahlen und alte Geschichten sondern erläuterte geheimnisvolle Zusammenhänge und Verstrickungen in Politik und Wirtschaft. Insbesondere der Mix aus Krieg, Wehrmacht, NVA, Stasi und Treuhand war hochbrisant. Opa Fritz hatte fleißig mitgemischt und seine Fäden und vor allem seine Vorteile gezogen. Er hatte niemand wirklich erpresst aber seine Kenntnisse zu seinem Vorteil benutzt. Man könnte auch sagen, sein Wissen über gewisse Machenschaften haben die Geschäfte zu seinem Wohle begünstigt. Seine Geschäfte waren sehr erfolgreich und trotzdem vor der Familie verborgen geblieben.

Diese Rote Buch und natürlich auch von Opas, - *begünstigten Machenschaften*- angestachelt, liesen meine Verhandlungen mit dem Verfassungsschutz in positive Bahnen rutschen. Das Rutschen verursachte allerdings, Opas, und jetzt auch mein Wissen um gewisse, nicht legale Aktivitäten eines Abteilungsleiters des Verfassungsschutzes im Lande Brandenburg während der NVA-Dienstzeit und einige unfeine Eintragungen in seiner Stasi-Akte. Ich hatte einige, äußerst pikante, Kopien diesem Herren freundlicherweise während meinen Verhören, durch Mariettas persönlichen Besuch bei ihm privat, zukommen lassen. Dadurch wurden mein Schuld und mein Vergehen zwar nicht minder schwer ausgelegt, aber man fand wohlwollend einen für beide Seiten annehmbaren Kompromiss. Das Blatt hatte sich zu meinen Gunsten gewendet und die Sichtweise auf meine Vergehen verändert. Offiziell verlautete es im Abschluss Bericht der Untersuchung meiner Vergangenheit so ähnlich wie:

Man nahm man Rücksicht auf meine schwere Kindheit, meinen zur Tatzeit im jugendlichen Übereifer politisch fehlgeleiteten und beeinflussten Gesinnung. Natürlich berücksichtigte man meinen schweren seelischen und körperlichen Schaden. Ich kam mir zum Schluss der Verhandlung geläutert und schon fast wieder wie ein Held vor. Ich nahm das Angebot an, mich zum Sprengmeister ausbilden zu lassen und in den Staatsdienst zu wechseln. Also ich werde für den Verfassungsschutz zu arbeiten.

Julia hat sich zu Besuch angemeldet. Sie kommt nächste Woche am Dienstag mit den zwei jüngsten Kindern Marwa und Devin zu Besuch. Die beiden anderen sind mit ihren Eltern, nach Kitzbühl, in Urlaub gefahren. Julia möchte vom Flughafen abgeholt werden. Für heute habe ich mir einen Tag Urlaub genommen. Da Marietta an diesem Tag eine wichtige Klausur schreibt hole ich die drei ab. Da es um die Mittagszeit ist, gehen wir in Potsdam „Zur Historischen Mühle Sanssouci" gepflegt zum Essen.
Wir haben ein Menü für zwei Personen gewählt, es gibt heute:

Vorspeise:
Graupen-Tomaten-Minestrone
mit Cannellini-Bohnen und Trauben Kernöl

***

Hauptspeise:
Rollbraten vom Saalower Spanferkel
mit Backobst, Honig-Senf-Sauce und Petersilienstampf
***

Nachspeise:
Ingwer-Mousse
mit Kumquat-Kompott und Koriander.
***

Für unsere kleinen Kinder gibt es einen kleinen Kinderteller kostenfrei.

Wir sitzen gemütlich im lichtdurchfluteten Palmengarten des Restaurants und plaudern ein wenig nach dem vorzüglichen Essen bei einer Tasse Kaffee. Marwa spielt zufrieden in der nahen Ecke auf einer Decke mit Devin. Das Hotel hat dort einen Kasten mit großen DUPLO -LEGO Bausteinen und Figuren zum Spielen hingestellt. Erst unterhalten wir uns über unsere Arbeit, über die Familien und ihre Kinder. Dann über Kinder im Allgemeinen.

„Manni, mein Freund, wie steht's bei euch mit Kindern, halt Babys und so? Nimmt Marietta noch die Pille oder legt ihrs schon drauf an?"

„Also, Julia, das lieb ich an dir, deine offene Direktheit. immer mit der Tür ins Haus"

„Warum soll ich heucheln, ich mag offene ehrliche Menschen, da weiß ich von vorneherein womit ich dran bin. Du bist ja auch so ein eher verschwiegener, verklemmter Typ.

Geh doch mal ein bisschen aus dir raus, sei locker. Mensch, Manni das Leben ist schon hart genug."

„Du weist im Voraus schon, dass ich dir wieder nur Recht geben kann. Du kennst mich einfach zu gut. Du durchschaust mich immer wieder. Manchmal echt peinlich!"

„Siehste, Manni ich mag dich und du bist einer der wenigen Männer mit denen ich geschlafen habe. Genau genommen waren es zwei, nämlich Devin und du. Also so erfolgreich bin ich, zumindest in dieser Beziehung, nicht. "

„Hast du noch keine neue Beziehung"

„Wo denkst du hin, mit vier Kindern. Da kann ich mir keine Abenteuer erlauben. Die Männer die ich brauche, muss ich mir wahrscheinlich selber backen"

„Aber meine liebe Julia, du bist doch intelligent, vermögend und attraktiv. Da müsste doch einer anbeißen?"

„Dich würde ich sofort nehmen, aber du bist ja vergeben, leider. Ich muss Marietta mal fragen, ob sie dich, mir mal für drei Wochen ausleihen kann?"

„Lass die dummen Scherze, liebe Julia."

„Es war doch schön mit uns, oder nicht?"

„Also Julia, das meinst du doch nicht im Ernst, Marietta liebt mich und ich sie?"

„Warum nicht, ich frag sie morgen mal."

„Das machst du nicht, das verbiete ich dir!"

Marwa und Devin haben genug gespielt. Sie werden langsam ungeduldig und beginnen zu nörgeln.

„Warten wir's ab, so jetzt haben wir genug geschwafelt. Lass uns nach euch zu Hause fahren, Marietta wird auch bald kommen."

Ich weiß bei Julia immer noch nicht wie sie es meint. Macht sie Spaß oder meint sie es Ernst. Sie liebt das Spiel mit dem Feuer. Diese Frau ist und bleibt voller geheimnisvoller Rätsel. Das Schlimme ist, ich weiß nicht, wie weit Marietta unsere intimen Beziehungen mit Julia bespricht. Leider habe ich nicht den Mut, Marietta danach zu fragen. Ich müsste dann ja mein süßes Geheimnis, welches ich mit Julia habe, ausplaudern. Irgendwie stecke ich in der Zwickmühle.

Zwei Tage später komme ich abends spät von einem Seminar beim LKA nach Hause. Drei Stunden Fahrt habe ich hinter mir. Die Kinder sind bestimmt schon im Bett, denke ich und bewege mich leise im Haus. Im Esszimmer und Wohnzimmer finde ich niemand. Auch im Garten und der Terrasse ist niemand zu sehen. Ich schaue im Schlafzimmer nach und höre ein leises Kichern aus dem Bad. Gespannt öffne ich die Mattglastür. Zuerst schrecke ich zurück und will wieder rausgehen. Im großen Whirlpool, den wir seit einem Monat haben einbauen lassen, sitzen Julia und Marietta entspannt mit einem Gläschen Sekt in der Hand und halten einen Plausch. Julia sitzt hinter Marietta und massiert zärtlich mit der linken Hand Mariettas Brust und Bauch. Ich murmele verlegen:

„Entschuldigung, meine Lieben ich wollte euch nicht stören", und schicke mich an, das Bad wieder zu verlassen, aber Marietta ruft nach mir:

„Manni, Manni bleib doch bei uns, zieh dich doch aus, komm zu uns und trink ein Gläschen mit uns, dass entspannt so herrlich, komm mein Schatz, bitte, bitte!"

Auch Julia bettelt:

„Sei lieb, Manni komm zu uns, es ist herrlich warm und entspannend, das tut dir bestimmt gut nach dem langen Tag."

Ich zögere und möchte nicht in Verlegenheit geraten. Marietta ergreift die Initiative und steigt aus dem Becken.

„Schatzilein sei kein Frosch, wir haben doch alle drei Platz genug, bitte, bitte, zieh dich aus!",

und beginnt mich mit ihrem nassen Händen zu entkleiden. Wiederwillig lass ich es geschehen und wir ziehen mich aus.

„Du bist doch mein Schatz, ich liebe dich doch, komm zu uns, vor Julia brauchst du dich doch nicht zu schämen. Sie gehört doch quasi mit zur Familie!"

Marietta nimmt mich in den Arm und drückt mich fest und gibt mir einen schönen sinnlichen Kuss. Langsam zieht sie mich, immer noch umarmt zum Whirlpool. Ihr warmer, nackter, nasser Körper erregt mich. Den ganzen Tag schon musste ich an sie denken. Auf der Heimfahrt war es so schlimm, dass ich schon zweimal eine Erektion hatte. Nun merke ich, dass ich durch ihre Berührung wieder einen Steifen bekomme und schäme mich. Rasch gleite ich ins Wasser um meinen Ständer zu verbergen. Meine Wangen glühen rot, obwohl ich zum Gegensatz zu den beiden Frauen noch nichts getrunken habe. Langsam löst sich meine Erregung etwas. Julia reicht mir ein kühles Glas Sekt zur Erfrischung und rückt nahe an mich heran. Marietta kommt mit einer neuen Flasche Sekt zu uns ins Becken.

„Schön, Manni das du endlich da bist, hat ganz schön lange gedauert. Nun sind wir froh dass du bei uns bist, wie war dein Tag, Schatzilein"

„Wie halt so Seminare sind, stinklangweilig, lange Reden, schlechte Luft, umfangreiche Erklärungen und kein Ende. Dann noch die lange Fahrt im Regen, richtig ermüdend!"

„Marietta, dann müssen wir ihn aber mal richtig und behutsam entspannen!"

„Julia, prima, jetzt sind wir dran, zuerst werden wir den Kerl mal zart abschrubben, stell bitte mal die Bodendüsen auf eins zurück."

Ich traue mich nicht zu widersprechen und lasse es locker auf mich zukommen, obwohl entspannt bin ich noch lange nicht. Jede hat einen Waschhandschuh in der Hand und beginnt mit einer nach Lavendel duftenden, schäumenden Lotion mich einzureiben.

„Julia du beginnst von oben und ich von unten, aber schön langsam und verbieg mir das gute Stück nicht. Manni soll mir damit doch ein Kind machen. Sei also vorsichtig"

Plötzlich streicheln und reiben mich vier Hände und vier Schenkel. Ich lasse es lusterfüllt über mich ergehen und schließe genussvoll die Augen.

„Fühl mal Marietta, hat Manni nicht einen herrliche Ständer, ein richtiges Prachtstück"

Ich tauche vor Verlegenheit erst mal unter den Schaum ins Wasser, diese Weiber, die machen mich fertig! Marietta kitzelt mich unter den Achselhöhlen und ich komme prustend wieder nach oben. Jetzt muss ich mich logischerweise wehren und beginne Marietta zu kitzeln. Daraufhin erwischt mich Julia und zieht mich unter Wasser. Nach zirka zehn Minuten haben wir drei uns erstmal ausgetobt und es kehrt erstmal etwas Ruhe ein. Vor dem Pool steht das Wasser, da ein Handtuch den Abfluss verhindert, steige ich aus dem Becken und ziehe das nasse Handtuch zur Seite. Ich muss mich vorsichtig, ohne meine stützende Prothese, bewegen. Ohne diese bin ich sehr unbeholfen und habe Angst auszurutschen. Aber sonst ist mein Beinstumpf wunderbar verheilt und macht mir keine Probleme. Ich humpele auf einem Bein wieder zum Whirlpool. Es ist ruhiger geworden im Bad.

„Was macht ihr denn da?“, entfährt es mir als ich in den Whirlpool schaue. Marietta und Julia sitzen engumschlossen in der Mitte und küssen sich innig. Die tun ja so, als wenn ich Luft wäre. Die sind doch nicht etwa plötzlich lesbisch geworden?

„He, ich bin auch noch da, haalloo?“

Auf mein Rufen kommt keine Reaktion aber ich bin besorgt. Marietta gehört doch mir, ich liebe sie doch, ich möchte sie doch mit niemand teilen.

„He, Marietta, Hallo Julia hört ihr mich denn nicht?“

Keine Reaktion von den beiden, völlig in sich vertieft küssen und streicheln sie sich. Oder spielen die mir was vor? Marietta lieb ich wirklich abgöttisch, sie ist eine wunderbare

Frau. Aber das kann ich mir doch nicht gefallen lassen. Da muss ich doch was unternehmen. Wobei Julia mit ihren etwas üppigeren weiblichen Rundungen auch begehrenswert ist? Was mache ich nur? Meine Gedanken kreisen wild durch meinen Kopf, während ich draußen hingesunken auf dem Boden sitze und dem Treiben im Pool zuschaue. Den beiden macht das sichtlich Spaß und sie reiben sich leicht stöhnend aneinander. Es gefällt ihnen vielleicht auch nur so gut, weil ich ihnen interessiert zuschaue. Oder vielleicht wollen die beiden mich testen?

Jetzt will ich es aber genau wissen. Ob sie vielleicht zu dritt sein möchten? Endlich fasse ich wieder Mut, schließlich gehöre ich doch dazu!

„Meine Lieben, ich komme jetzt rein zu euch"

Es kommt keine Reaktion im Gegenteil, sie reiben rhythmisch ihre Muschi gegenseitig mit ihren Oberschenkeln und stöhnen vor Lust.

„Hallo, ich bin auch noch da, etwas Platz für mich bitte, Hallo",

spreche ich sie an, obwohl im Pool Platz genug ist. Ich gleite wieder ins Wasser und drehe die Düsen etwas stärker. Das Wasser wirbelt auf. Ich setze mich hinter Marietta und beginne sie am Rücken und Schulter streichelnd zu massieren. Ich weiß dass sie dies besonders gerne mag. Sie geniest diese Massage offensichtlich und haucht mir seitlich den Kopf zu mir gewendet zu:

„Manni, schön machst du das, bitte nicht aufhören, mach weiter so, mein Liebling"

Es dauert aber noch einige Minuten bevor sie von Julia ablässt und sich mir zuwendet.

„Mein Manni, ich brauche dich, komm in mich rein, lieb mich, besorgs mir, komm, ich bin heiß auf dich, komm."

Ich rutsche leicht nach unten, weiter ins Wasser und sie setz rittlings auf mich. Mein gutes Stück gleitet in sie hinein, ein herrliches Gefühl. Mit meinen Händen massiere ich Brüste. Ihre Nippel sind hart und steif vor Erregung. Sie stöhnt laut vor Wollust im Gleichklang meiner härter werdenden Stöße. Ich lehne mich zurück und drücke meine Schenkel ihr entgegen. Julia beugt sich in diesem Augenblick über mich und küsst mich inniglich, indem sie ihre Zunge in meinem Mund kreisen lässt. In diesem Moment komme ich und lasse meinen pulsierenden Körpersaft in meine geliebte Marietta fließen. Erschöpft richte ich mich auf und lasse die Wasserwirbel auf meinen Körper wirken. Marietta dreht sich um und strahlt:

„Hui, Leute das war einfach Spitze, ich bin in der letzten halben Stunde dreimal gekommen, einmal mit meiner lieben Julia und zweimal hintereinander mit dir mein allerliebster Manni. Danke mein Schatz"

Ein langer intensiver inniger Kuss von Marietta besänftigt meine dummen Gedanken und beruhigt mich ungemein. Von der Seite umarmt uns beide Julia und bemerkt:

„Schade das ich nur einmal gekommen bin, aber das zusehen hat mich enorm angetörnt, Marietta darf ich mir Manni mal ausleihen ich brauche jetzt auch mal was für meine feuchte Muschi, Marietta du bekommst ihn doch gleich danach wieder."

„Gerne, meine liebste Julia, aber nur wenn Manni dies möchte und nur leihweise, denk dran!"

„Manni, sag mal, möchtest du Julia mal richtig vögeln, ich hab nichts dagegen, solange du mir sonst treu bleibst?"

Zuerst bin ich mal geschockt. Was soll ich darauf nur antworten ohne Marietta zu verletzen? Meint sie diesen Vorschlag nun ernst? Will sie mich auf die Probe stellen? Vielleicht bin ich auch nur zu Prüde oder zu Schüchtern. Also antworte ich eher verlegen:

„Bisschen ausruhen möchte ich schon, aber ich mag auch Julia sehr, ich begehre sie schon, Julia hat einen schönen Körper. Ich möchte dich keinesfalls damit verletzen!"

„Nein das verletzt mich nicht, solange ich dabei sein darf, Manni ich liebe dich und ich mag Julia außerordentlich gerne. Ich gönne ihr dies von ganzen Herzen"

Julia hat brav am Beckenrand gewartet und sagt erleichtert:

„Danke, ihr beiden, ich fühle mich geschmeichelt von eurer Liebe zu mir"

Nun wartet Julia nicht mehr länger und beginnt mich zu streicheln, zu liebkosen, mich zu verwöhnen. Sie zieht alle Register der Liebeskunst, möchte aber dann doch raus aus dem Wasser und ins Bett.

Wir drei steigen aus dem Wasser und trocknen uns gegenseitig gefühlvoll ab. Arm in Arm, mit mir Einfüßigen in der Mitte, ziehen wir lachend und albernd in das Schlafzimmer. Nach einigen gemeinsamen Streicheleinheiten und Lustspielen hören wir aus dem Kinderzimmer nebenan den kleinen Devin nach seiner Mama rufen. Julia will aufstehen aber Marietta drückt sie zurück und sagt:

„Julia, ich kümmere mich um Devin, du brauchst jetzt erst mal was für deine Muschi, bis gleich Manni, enttäusche Julia nicht, gib dein bestes!"

Jetzt bin ich doch mit Julia allein. Genau das will ich nicht. Ich möchte mich nicht in Julia verlieben, davor habe ich Angst. Nun ist aber Julia heiß auf mich und ich stehe in der angenehmen Erwartung. Natürlich komme ich meiner süßen, heißen Pflicht nach. Ich muss schon sagen, Julia kann einen wirklich herrlich verwöhnen. Es ist ein wunderbar erfüllender Sex mit ihr. Sie hatte es schon toll drauf. Welche Stellungen die alle durchprobiert. Eine heiße und geile Braut. Nachdem wir uns richtig verausgabt haben, liegen wir zufrieden nebeneinander, streicheln uns noch ein bisschen und schauen uns lächelnd an.

„Danke, mein lieber Manni, ich weiß es zu schätzen, dass du mich verwöhnt hast, ich finde es als Zeichen eurer grenzenloser Liebe zu mir. Ich gebe dich aber wieder an Marietta zurück. Schade dass es nur Sex zwischen uns ist, aber trotzdem bleiben wir gute Freunde, gell Manni."

„Freunde ja, es war schön mit dir, liebste Julia, lasse es wiederum nur eine Ausnahme sein, bitte! Ich liebe Marietta zu sehr. Habe bitte, bitte Verständnis dafür!"

„Na klar, Manni, großes Ehrenwort"

entgegnet Julia als wäre unser Sexexperiment das natürlichste der Welt. Sie besiegelt dies mit einem herrlichen

Kuss und zieht sich anschließend zufrieden, streckend und räkelnd unter ihre Bettdecke.
Marietta kommt zurück, umarmt, drückt und küsst uns beide heftig.

„Es ist einfach schön mit euch. Na, wie hat sich mein Manni geschlagen, Julia alles klar?"

„Marietta, ich sagte schon zu Manni, dass mir eure Liebe zu mir sehr wertvoll ist. Manni ist ein verständnisvoller, zärtlicher Liebhaber. Ihr gebt mir Alles. Aber ich möchte es nicht, ich habe auch nicht das Recht, zwischen euch zu stehen. Deswegen betrachte ich die Angelegenheit als reinen Sex. Bitte seht das auch so. Vielen, vielen Dank!"

„Julischka, meine liebste Freundin, es hat uns doch auch riesigen Spaß gemacht. Gell, Manni. Wievielmal bist du denn gekommen."
Jetzt muss ich vorsichtig sein und nicht Zuviel verraten. Es soll eher wie eine lästige Pflicht oder ein Opfer meinerseits erklingen. Marietta darf, trotz allem was passiert ist, nicht mal ansatzweise eifersüchtig werden. Dafür liebe ich meine Frau zu sehr. Also äußerste Zurückhaltung zu diesem Thema ist jetzt gefragt. Obwohl in meinem Kopf viele anderer Gedanken herumschwirrten antwortete ich, als wäre dies die normalste Sache der Welt:

„Naja, du hattest mich vorher schon gründlich gemolken, da konnte ich nur noch einmal richtig abspritzen. Aber war schon Geil, der Sex mit Julia!"
Der Sex mit Julia war noch besser als der mit Marietta. Julia war erfahrener, dominanter und einfühlsamer. Ihre Vorspiele

waren intensiver, lockerer und variantenreicher. Sie führte mich mit zunehmender Spannung und zunehmender Erregung intensiver zum Höhepunkt, ohne zeitlichen oder emotionalen Druck auszuüben. Ich hatte hierbei wieder einiges über Gefühle, Vertrauen, Zuneigung und Streicheleinheiten gelernt. Nur Marietta gegenüber, durfte ich das niemals erwähnen. Darum ich war froh, als Julia sprudelnd losplapperte:

„Aber ich, ich bin mindestens dreimal auf dem Höhepunkt geritten, war einfach geil die Nummer mit deinem Manni und das Liebesspiel mit dir, liebste Marietta. Ein richtiges Gänsehaut Feeling. Du hast schon einen tollen Kerl. Halt ihn bloß gut fest. Was gibt's den eigentlich zum Abendessen, ich habe jetzt einen Mordshunger gekriegt"

Endlich wurde das Thema gewechselt, worüber ich froh war, meine nervliche Anspannung legte sich langsam.

„Wir könnten uns ein Kilo, *„gebratene Gambas im Kräutersud"*, vom Restaurant Drachenhaus bestellen. Die machen die frischen Riesen-Garnelen mit Schnittlauch, Frühlingszwiebeln und Knoblauch in Olivenöl gebraten. Dazu gibt's verschieden Dips, einen köstlichen Salat und frisch gebackenes Baguette. Ich kann dir sagen, Köstlich! Stimmt's Manni."

„Doch, Julia, stimmt wirklich, dauert aber mindestens noch eine gute halbe Stunde, ich wäre dafür"

„Also los, ans Telefon, lass anrollen Marietta. Ich hab Kohldampf! Liebe macht hungrig. Es ist herrlich bei euch!"

Einige Monate später

In den Nachrichten bringen sie Berichte aus meiner Heimat Sachsen, welche mich aufhorchen lassen. PEGIDA ist die neue Bewegung welche zu Tausenden durch Dresdens Straßen strömt. Gegen die Islamisierung des Abendlandes sind sie und Überfremdung der Städte durch Ausländer. Gleichzeitig gibt es Gegendemonstrationen welche einen tolerantes und entgegen kommendes Verhalten den hilfesuchenden Asylanten und Flüchtlingen fordern. Ähnliche Demonstrationen mit einem Für und Wider sind auch in anderen Städten an der Tagesordnung. In Köln hat man am Dom das Licht ausgemacht um gegen die rechtsgerichtete Demonstration zu demonstrieren. Die einzelnen Parteien geben ihren Senf dazu, ohne eine konkrete oder wirkliche Lösung anzupacken. Eine verkehrte Welt, finde ich. Manfred kommt gegen Abend von der Arbeit nach Hause, zieht sich im Flur die Straßenschuhe aus und ruft:

„Hallo mein Schatz wo bist, wie geht's dir heute"

Marietta ist endlich schwanger, wir sind glücklich, der ganze Familienclan freut sich auf das Baby. Ich bin stolz, wir werden eine richtige Familie. Nur Marietta leidet trotz oder, wie sie sagt, wegen des Glücks. In den ersten Wochen ihrer Schwangerschaft war ihr häufig spei übel und sie hat sich häufig übergeben.

Der Arzt hat gesagt dass dies am Anfang der Schwangerschaft vorkommen kann, aber das wäre kein Grund zur Beunruhigung.
Marietta kommt aus der Küche, sie hat das Abendbrot bereits hergerichtet. Nach dem Abendbrot will sie es sich mit mir auf der Couch gemütlich machen.
Sie berichtet:
„Mir geht's heute wieder besser, aber die Welt steht auf dem Kopf, es ist furchtbar"
Manfred:
„Was ist furchtbar, wenn es dir besser geht"
Marietta:
„Hast du denn heute noch keine Nachrichten gehört?"
Manfred:
„Nein, warum denn, was ist passiert?"
Marietta:
„In Paris haben die Terroristen von Al-Kaida oder Islamischer Staat gewütet und so einen Satire- oder Comicverlag gestürmt. Angeblich viele Tote, wird auf allen Kanälen gesendet."
Manfred:
„Nöh, hab nichts mitgekriegt."
Marietta:
„Interessiert dich denn überhaupt nicht was in der Welt passiert, einen jüdischen Laden haben die Idioten auch überfallen und einige getötet."
Manfred:

„Doch schon, aber ich war an der Arbeit, das war heute stressig und danach auf dem Heimweg wollte ich nur meine Ruhe haben“

Marietta:

„Wie kann man nur so ignorant und desinteressiert sein, die Welt bricht zusammen und du kriegst mal wieder nichts mit.“

Marietta dreht sich abrupt um und verschwindet zurück in die Küche. Hui, denke ich, sag jetzt bloß nichts Falsches sagen, sonst ist der gemütliche Abend hin. Aber sie renkt sich später wieder ein und kuschelt mit mir auf dem Sofa.

Am anderen Tag sind die Zeitungen voll von den Berichten aus Frankreich um das Massaker beim Satiremagazin, "Charlie Hebdo". Auch im Fernseher und am Radio ist dieses Thema an erster Stelle. Natürlich berührt mich dieses Drama. Es ist Diskussionsstoff bei jeder Begegnung, bei jedem Gespräch. Der Terrorismus war lange Zeit weit weg. Nun ist er auf Europa übergeschwappt. Glücklicherweise noch in kleinen seltenen Wellen.

Da lese ich in der Zeitung oder sehe in den TV-Nachrichten:

„Bei einem Selbstmordanschlag auf ein beliebtes Hotel in der somalischen Hauptstadt Mogadischu haben Islamisten bis zu 20 Menschen getötet. Unter den Opfern sind auch ein Parlamentarier und der stellvertretende Bürgermeister von Mogadischu, sagt der somalische Sicherheitsbeamte Mohamed Hassan. Es wird vermutet, dass noch mehr Politiker ums Lebens gekommen oder verletzt worden sind, da das Central Hotel in der Nähe des Präsidentenpalastes häufig von Abgeordneten und Ministern besucht wird.
Der Angriff hat sich ereignet, als sich die Gäste gerade auf das Freitagsgebet in der Moschee des Hotels vorbereitet haben, so berichtet die Zeitung. Zu der Tat bekennt sich die islamistische Al-Shabaab-Miliz, die seit Jahren die Regierung bekämpft.
Zunächst haben die Attentäter eine Autobombe direkt vor dem Hotel gezündet, anschließend sprengt sich offenbar ein weiterer Angreifer mit einem Sprengstoffgürtel in die Luft. „Dies ist eine der tödlichsten Attacken der letzten zwei Jahre in Mogadischu“, sagte ein anderer Sicherheitsbeamter, der anonym bleiben wollte.“

Ich kann es nicht fassen und mache mir meine Gedanken. Jetzt wütet der Terror vor unserer Haustür. Die Mohammedaner, Christen, Juden und andere Religionen verurteilen gemeinsam diese Schandtaten und rufen zum Frieden auf. Politiker fordern mehr Kontrollen, mehr Wachsamkeit, mehr Gesetze gegen die jetzt endlich erkannte und wachsende Gefahr. Die Politiker der freien, erfolgreichen und reichen Welt, deren Freiheit auf die Unfreiheit vieler Staaten in den Krisengebieten der Welt begründet ist. Sie beraten monatelang über Hilfspakete und Waffenlieferungen um den Terror einzudämmen. Als die beliebteste Aussagen der Politik höre ich lapidar, nicht bindend, nicht konkret, bloß nicht festlegen, sehr diplomatisch:

„Wir sollten darüber ernsthaft nachdenken und eventuelle Schritte in Erwägung ziehen! Wie werden eine Kommission einsetzen und die Sache von beiden Seiten ernsthaft prüfen bevor wir voreilige Schlüsse ziehen."

Diese oder ähnliche ausweichenden, nichtssagenden Aussagen bedeuten in meinen Augen so viel wie:

„Lass die sich erstmal die Köpfe einhauen. Wir verhalten uns erstmal bedeckt. Erst mal sehen wie die anderen Staaten reagieren. Wir sind ja nicht betroffen. Erst mal sehen wie die Opposition reagiert. Jetzt bitte kein Eigentor schießen!"

Im Fernsehen wird in bunten Bildern berichtet und eine Einheit feierlich beschworen:

„Wir sind tief betroffen, alle Politiker, alle Religionen und die gesamte Bevölkerung stehen auf gegen den Terrorismus und demonstriert gemeinsam mit Millionen Menschen auf der ganzen Welt."

Bewundernswerte und eindrucksvolle Demonstrationen, aber zur gleichen Zeit sterben weltweit hunderte unschuldige Menschen durch radikale, religiöse Extremisten aller Glaubensrichtung. Alle im Namen Gottes. Ob Gott das so will, frage ich mich? Hat Gott uns erschaffen damit wir uns gegenseitig umbringen? Der Koran, die Bibel, die Thora, andere als Heilig geltenden Schriften, die international geltenden Gesetzte werden passend ausgelegt, gedreht und verbogen. Der Krieg wird „Heilig" gesprochen. So ein irrwitziger Schwachsinn! Nur um einen Andersdenkenden den Hals umzudrehen und ihn die Luft zu jagen. Jeder dieser Typen mit einer Waffe in der Hand hat dann das Recht, welchem verbogenen Recht er auch nacheifern mag, gewaltsam diesem vermeintlichen Recht, mit perfiden und Menschen verachteten Morden, Vergewaltigung und Totschlag diesem Recht Nachdruck zu verleihen. Dann kommen noch die weltweit unzähligen Grenzstreitigkeiten und gegenseitigen Gebietsansprüche welche vermutlich auch nur durch Waffengewalt gelöst werden können. So glauben es diese verirrten Politiker oder geistig verwirrte Führer. Sie bringen das auch noch so, glaubwürdig Ihrem jeweiligen Volk bei. Das Volk, der Stamm oder der Anhänger der Glaubensrichtung schreit: „Hurra, Hurra! Wir kämpfen für den gerechten Sieg!“

Der Sieg, das Recht und das Gesetz sind auf unsere Seite. Dies glaubt aber jede der verfeindeten Seiten und das seit Jahrtausenden. Das dabei die Schwachen, Frauen und Kinder vor der Gewalt flüchten, um ihr Leben bangen, verhungern oder doch noch von den Andersdenkenden eingeholt, missbraucht und massakriert werden ist dem Rest der, ach so friedlichen, Welt schlicht egal. Da hat Gott ein intelligentes Wesen geschaffen, den Menschen. So steht es in den heiligen Büchern der verschiedenen Religionen. Aber der Mensch, zu mindestens einige wenige von Ihnen, artet zu Bestien aus. Wenn ich Gott wäre, würde ich mich abwenden von diesen Geschöpfen. Aber ich bin nicht Gott und das ist auch besser so. Habe ich Verblendeter, mich nicht auch dazu verleiten lassen, diesen Wahn zu folgen, zu Morden, zu Foltern, Angst und Schrecken zu verbreiten und dass im Namen Gottes. Einen Gott den ich von Fanatikern erklärt bekommen habe, den man mir und später ich mir selbst eingeredet habe, an den ich geglaubt habe, der für mich fremd war und den ich nicht verstanden habe. Was war ich für ein Narr, für ein Idiot, eine Schande für die Menschheit. Dafür hätte mich der Allerhöchste, zur Strafe, eigentlich töten müssen. Das wäre die gerechte göttliche Entscheidung gewesen, weil ich seine gnädige Gerechtigkeit mutwillig verbogen und brutal missbraucht habe. Aber es ist gut so, dass er Gnade vor Recht walten lässt und mir eine zweite Chance gibt. Jetzt habe ich es in der Hand und ich will es diesmal besser machen! Also Manni, du wirst jetzt bald zweiundzwanzig Jahre alt, du wirst bald Vater und musst Verantwortung zeigen, reis dich am Riemen, kümmere dich um deine Familie, mach es besser und versau es nicht!

Also! „Manni, werd endlich erwachsen!“

Kapitel 12

Mai 2015

„Marietta, schau mal, der Typ da drüben, den kenne ich, was macht der denn da?"

„Manni, meinst du den, der mit dem roten Streifen am Blaumann und der schwarzen Baseballmütze?"

„Genau den meine ich, ich komm nicht drauf, irgendwie kenne ich den!"

„Ich kenn den nicht, komm lass uns weitergehen, lass den Typen doch, ich möchte da drüben in das Bekleidungsgeschäft, ich hab da eine tolle Bluse gesehen. Ob diese auch in meiner Größe zu haben ist!"

„Du, wart mal, da stimmt was nicht, ich glaub ich kenn den, das ist Nasim, nee, er heißt ja Paul, du warte mal, das ist ein ehemaliger IS-Kämpfer, damals hieß er Nasim, ich glaube der ist das!"

„Manni, der, der arbeitet bei den Berliner Stadtwerken, guck, da ist der Lieferwagen, steht doch drauf und die haben auch so Klamotten an, siehst diese Typen doch oft hier rum laufen. Ist doch völlig normal. Du siehst wieder Gespenster."

„Das will ich aber genau wissen, wie normal das ist. Geh du ruhig weiter Shoppen, Marietta, wir treffen uns dann, um zirka eins am Mittag, in der Kartoffelkiste im Europa-Center. Ich muss der Sache auf den Grund gehen, Tschüss!"

„Manni, mach keine Dummheiten, pass auf dich auf, versprichst du mir das!“

Ist doch klar eine neue Bluse für Marietta ist wichtiger, als irgendein vermutlicher Terrorist.

„Ich will ihn nur mal beobachten, mehr nicht, versprochen! Geh du ruhig weiter, Tschüß!“

„Sei bitte vorsichtig, bis dann, Manni, Tschüß“

Marietta haucht Manfred noch einen flüchtigen Kuss auf den Mund und jeder geht seinen Weg.

Manfred sieht Paul, mit einer großen Werkzeugtasche, im Gebäude des großen Hotels Avalon, am Pariser Platz durch den Seiteneingang verschwinden. Nun näherte er sich dem Lieferwagen von der Straßenseite. Vorsichtig schaut er um sich, ob nicht er auch beobachtet wird. Der Kastenwagen ist auffällig sauber. Das Nummernschild entspricht nicht den gängigen Nummern der Stadtwerke. Ein Blick in das Innere der Fahrerkabine zeigt keinerlei persönliche Sachen. Im Gegenteil, es liegt überhaupt nichts herum, nicht das Geringste lässt auf einen längeren Aufenthalt im Fahrerhaus schließen. Irgendwie verdächtig, zu steril. Sonst haben die, von den Stadtwerken in ihren Lieferwagen, immer etwas Privates oder Papierkram im Auto herumliegen. Kein Frühstück, keine Getränkeflaschen, keine Regenjacken. Irgendwie kommt ihn das sonderbar vor. Er schaut sich die Beschriftung an der Fahrertür genauer an. Vorsichtig fummelte er mit seinem Haustürschlüssel an der Kante des Beschriftungsschildes. Das ist eine aufgeklebte Folie, denkt er und löst ein wenig davon ab. Die Folie lässt sich leicht lösen. Halb abgelöst sieht er unten drunter das Emblem einer Mietwagenfirma. Schnell drückt er die Folie, mit seinem Taschentuch reibend, wieder an.

„Irgendwie verdächtig kommt mir das schon vor, ich behalte die Sache mal im Auge“,

murmelt er vor sich hin und entfernt sich in einen sicheren Abstand wieder von dem Fahrzeug. Er notiert sich das Berliner Kennzeichen und den Typ: - *Citroen Jumper, Kastenwagen, Farbe Rot, kleiner Kratzer am linken vorderen Radkasten, Kante beschädigt. Vermutlich bei Mietwagenfirma Berliniautos angemietet. Fahrer, Paul Karolwski, Anfang Zwanzig, kräftige Gestalt, Kinnbart, Blauer Overall mit roten Streifen, schwarze Baseballmütze, Rote Turnschuhe mit weisen Streifen. Bewaffnung unbekannt. Syrienkämpfer-Rückkehrer.* -

Seit Manfred beim Verfassungsschutz angestellt ist, hat er einige Schulungen in Sachen Observierung, Beobachtung und Verfolgung von verdächtigen Personen absolviert. Seine Sinne und seine Beobachtungsgabe sehen die Menschen unter einem anderen Blickwinkel. Sich unauffällig dabei zu verhalten gehört natürlich dazu. Dies ist zwar nicht seine Haupttätigkeit, aber als Sprengmeister vom Bombenentschärfungskommando hat er nicht jeden Tag eine Bombe oder einen Sprengsatz zu entschärfen. Terroristen und Attentäter ticken anders, sie sind ebenso geschickt im Tarnen und Täuschen. Beim Verfassungsschutz ist man geschult um jegliche Bedrohung entgegenzuwirken. Die Lehrgänge sind vielschichtig und schärfen, durch intensives Training bedingt, die besonders gute Wahrnehmung von möglichen Gefahren. Nun entpuppt sich nicht jeder anfängliche Verdacht als wirkliche Gefahr. Diese Erkenntnis weiß man aber erst nach gründlicher Recherche. Seine Priorität liegt auf Prävention mit dem Hauptmotto, „Vorbeugende Schadensverhinderung durch frühzeitiges Erkennen und Vereiteln einer Straftat." Das dadurch auch Fehlalarme ausgelöst werden ist unvermeidbar.

Nach wenigen Minuten kommt Paul ohne seine Werkzeugtasche aus dem Seiteneingang und holt aus dem Lieferwagen eine zweite koffergroße Werkzeugtasche, diesmal mit Rollen versehen. Diese muss sehr schwer sein, so wie der sich damit abmüht. Als Paul im Gebäude verschwunden ist, ruft er seinen Kontaktmann im Verfassungsschutz über Handy an und informiert diesen. Noch bevor ein Trupp, es sind drei Männer und eine Frau, vom Verfassungsschutz eintreffen, ist Paul aus dem Gebäude herausgekommen und weggefahren. Er hatte kein Gepäck beim Rauskommen dabei. Irgendwie ist dies Verdächtig. Hat er irgendwas deponiert?

Der Trupp trifft ein und wir verabredeten uns im Hotel-Café zu einem Gespräch. Als erstes teilt man mir mit:

„Das verdächtige Fahrzeug und sein möglicherweise terroristischer Fahrer sind zur Fahndung aufgerufen, sollen aber erstmal nur beobachtet und nicht gestellt werden."

Wir brauchen Beweise. Da ich mit Paul zusammen beim IS, im Irak und Syrien, am Sprengstofflehrgang teilgenommen habe, vermutete ich nichts Gutes. Die Vermutung eines bevorstehenden Sprengstoffanschlages liegt sehr nahe. Ich bespreche mit zwei Verfassungsschützern die Möglichkeiten dieser Bedrohung. Indessen begeben sich unsere Frau und der dritte Mann vom Team zur Geschäftsleitung des Hotels. Sie sollen herauszufinden welche prominenten Gäste im Hause sind oder kommen werden. Dieses Hotel liegt nahe des Regierungsviertel und wird oft von Staatsgästen frequentiert Mein Kontaktmann vom Verfassungsschutz betritt das Café und gesellt sich zu uns:

„Mittlerweile habe ich herausgefunden, dass dieser Paul nicht bei den Stadtwerken beschäftigt ist, es liegt auch kein Auftrag vom Hotel Avalon vor. Also, Manfred, was hat es mit diesem Paul auf sich?"

Ich erkläre ihm kurz woher ich Paul kenne und zu was er sprengtechnisch fähig wäre. Unser Mitarbeiter kommt von der Hausverwaltung des Hotels zurück und berichtete:

„Die Stadtwerke haben sich telefonisch im Hotel angemeldet und gewisse Telefonstörungen, durch eine Unregelmäßigkeit in der Verdrahtung der neu installierten, funkgesteuerten Zählerinstalation, vermutet. Diese sollte durch einen städtischen Monteur beseitigt werden. Dieser Monteur hatte einen Ausweis der Stadtwerke bei sich, man kann sich aber an den Namen nicht mehr erinnern. Die Telefonanlage funktioniert jetzt wieder einwandfrei."

Mein Kontaktmann versicherte sich nochmals bei den Stadtwerken nach einem Betriebsauftrag wegen Stromanlage oder der Telefonanlage für dieses Hotel. Auch das eingeschaltete und inzwischen eingetroffene LKA-Team bestätigt dies:

„Es gibt keinen solchen Auftrag. Wir müssen von einem fingierten Auftrag ausgehen. Es besteht erhöhte Anschlagsgefahr!"

Er ordnete eine sofortige Durchsuchung mit Schwerpunkt Zählerstation und Telefonanlage an. Das bereits draußen wartende Sprengkommando sucht mit dem Hausservice die möglichen, in Frage kommenden Tatorte ab bevor man großflächiger vorgeht. Notfalls muss noch Verstärkung angefordert und das ganze Gebäude durchkämmt werden. Mein Kontaktmann hat mit dem Hotelmanager gesprochen und weiter recherchiert:

„Eine UN-Delegation und mehrere Europa-Parlamentarier verweilen zu einer Tagung in Berlin. Aber zurzeit sind diese, außerhalb des Gebäudes, zum Besuch beim Bundespräsidenten. Morgen findet im kleinen Saal eine Pressekonferenz mit den Beteiligten statt. Aber sie übernachten hier und könnten dabei schon gefährdet sein."

„Manfred, schaue dir diese Verdrahtung mal an, irgendwie blicke ich da nicht durch, überhaupt keine Logik zu erkennen“,

meint mein Kollege vom Sprengkommando.

Wir stehen vor der Telefonanlage im Keller des Hotels Avalon. Hier unten im Keller laufen alle Versorgungsanlagen, von außen gespeist, des großen Hotels zusammen und verteilen sich in die verschiedenen Räume der Einzelanlagen. Jeder der einzelnen Räume ist wiederum separat durch selbstschließende Brandschutztüren und jeweils spezielle Löschvorrichtung gesichert. Elektro, Telekommunikation, Gas, Wasser, Abwasser, Heizung, Müll, organischer Abfall und die Wäscherei befinden sich hier. Ein anderer Teil des Kellers mit zahlreichen Lager- und Kühlräumen hat einen separaten Zugang. Hier endet auch die Fahrstuhlanlage. Das können wir auch aus den Zeichnungen ersehen. Diese hat uns der Hausmeister zur Verfügung gestellt.

Also überlege ich, was hat es mit der verwirrenden Verkabelung auf sich.

„Ich weiß, das ist die erklärte Absicht. Gib mir mal das Messgerät rüber, ich glaube ich erkenne die Logik des Chaos. Siehe, diese vier blauen Kabel führen zum Fernzünder im hinteren Teil des Schaltschrankes. Das ist ein zeitlich getakteter Funkzünder. Bei einem Anruf, über diese Zuleitung zum nachträglich installierten Telefonmodul, geht die erste Bombe hoch. Der Rest der Kabel ist reine Verwirrtaktik, verbirgt aber eine komplizierte Rückkoppelschaltung, diese ist zwar unlogisch und gerade deswegen nicht zu vernachlässigen."

„Manni, reicht es nicht, nur die Batterie abzuklemmen und die Stromzufuhr zu unterbrechen?"

„Im Prinzip ja, aber der Attentäter rechnet damit und hat irgendwo eine zweite oder sogar dritte Batterie eingebaut. Also einen Schritt nach dem anderen!"

Dieser Paul, der ist tatsächlich IS-Terrorist geblieben und heckt diese teuflischen Pläne aus. Hat der denn nichts dazu gelernt? Kann er von seinem Traum als Held und Märtyrer nicht ablassen? Dies ist eindeutig seine zerstörende und todbringende Handschrift. Er wendet einen Plan an, den er nur von dem Tschetschenen, aus dem IS-Ausbildungslager, her kennen kann. Auch ich habe, mit dem Tschetschenen, bereits solche perfiden Sachen im Irak angewendet. Ein verwirrender Kabelsalat mit einigen Verbindungen, bei denen man die Reihenfolge schwer erkennen kann.

„Was machen wir nun, die Kabel sehen gleich aus, Manfred, das wird schwierig!"

„Jetzt können die anderen erstmal den oder die Sprengsätze finden. Wir messen erstmal die Leitungen durch und analysieren einen Schaltplan. Dann wissen wir mehr welche Funkschalter wohin gehen. Ich messe und du schreibst auf, alles klar?"

„Selbstverständlich, sag an!"

„Also Leitung rot eins, auf Klemme zwo, ist plus geschaltet. Leitung gelb zwo, auf Klemme zwo, ist minus gepolt............"

Es wird wohl einige Zeit dauern um durch dieses Kabelgewirr durchzublicken.

Die Leute vom Sprengkommando und die geschulten Mitarbeiter des Verfassungsschutzes haben inzwischen, mit der dazu geschalteten Kripo, das Gebäude gezielt durchsucht und hoffentlich auch alles gefunden.
Folgendes Szenario ergibt sich bei unserem kurzen Lagebericht:

1. Im Putzraum des oberen Stockwerkes steckt ein kleiner funkgesteuerter Sprengsatz der ein großes Loch in die Hauswand reist. Dadurch werden die Gesteinsbrocken und Fenster auf den Gehweg sowie die Straße stürzen. Ein spektakulärer Panik-Effekt entsteht dadurch.
2. Ein weiterer gezielter Sprengsatz im Feuerlöscher, neben dem Fahrstuhl im vierten Stock, bringt Teile der Fahrstuhlschächte zum Einsturz und blockiert den schnellen Weg nach oben. Hiermit hat man den Blick und die Aktivitäten nach oben gelenkt. Die Rettungskräfte und das Sicherheitspersonal quälen sich durch das enge Treppenhaus.
3. Dann ein kleiner Sprengsatz an der Hauptgasleitung im Keller, nur um diese zu öffnen aber nicht brennen lässt. Dieser befindet sich auf der rückseitigen Wand des Fahrstuhlschachtes. Durch das Gerumpel von herabstürzenden Teilen im Fahrstuhlschacht wird dieser Knall kaum wahrgenommen. Dadurch wird aber eine Verbindung zum Fahrstuhlschacht hergestellt. Das Gas strömt sehr schnell

aus der Hauptleitung und verteilt sich über den lädierten Fahrstuhlschacht ins gesamte Gebäude. Fünf Minuten später zündet ein zeitverzögerter Brandsatz das Gas. Das gibt einen ordentlichen Rums, ein Großteil der Fensterscheiben fliegen durch den Druck heraus und einige Brände entstehen.

4. Zum Schluss kommt der Hauptsprengsatz zur Explosion um in der Eingangshalle die Lobby und die Bar auseinander zu reisen. Bei einer älteren Bausubstanz könnte das Gebäude einstürzen. vorausgesetzt man trifft den richtigen Pfeiler. Im Irak hat das unter mein Mitwirken mehrmals ordentlich funktioniert. Aber in Europa baut man solider. Paul hat gründliche, wenn auch hinterlistige und perfide, Arbeit geleistet. Sein tschetschenischer Ausbilder wäre stolz auf ihn gewesen.

Fazit: Wir werden seine Arbeit jetzt wieder auseinanderpflücken und entfernen. Das wird einige Stunden dauern. Aber zuerst müssen die Schaltung und die Zündmechanismen erkannt und unschädlich gemacht werden.

Mein Kontaktmann des Verfassungsschutzes, welcher die Gegenoperation inzwischen leitet, macht Druck:

„Beeilt euch, wir müssen zum Abschluss kommen, im Moment haben wir die wenigen Gäste evakuiert und noch im Griff. Gegen Abend werden die Delegationen hier eintreffen und die Ausflügler aus der Stadt zurückkommen. Bis dahin sollten wir zum Abschluss kommen. Bitte melden!"

Es berichten die einzelnen Abteilungen über speziell verschlüsselten Funk:

„Die Kripo ist mit der Durchsuchung der Zimmer in fünfzehn Minuten durch. Die anderen Räume sind bereits gesichert. Ich gebe nach Vollzug, Meldung!"

„BfV hat alle Eingänge gesichert und gesperrt, bei gemeldetem Gesamtvollzug wird umgehend geöffnet und abgezogen."

Dann bin ich an der Reihe:

„Sprengkommando hat alle Verbindungen gekappt und alle Zünder entfernt. Wir müssen das Spreng-Material noch nach draußen bringen. Wir benutzen den Lieferanteneingang. Zeitdauer maximal zwanzig Minuten! "

Marietta hat heute vergebens auf mich in der Kartoffelkiste gewartet. Leider musste sie alleine Essen. Im Einsatz stelle ich grundsätzlich mein privates Handy aus. Daran hat sie sich gewöhnt und sie weiß Bescheid dass sie mich nicht stören darf. Es ist später Abend geworden bis ich in Potsdam bei unserem Haus ankomme.

„Hallo, Schatzilein, schön dass du da bist, ich habe mit dem Abendessen auf dich gewartet, kommst du gleich zu Tisch?"

„Das ist lieb von dir, mein Mariechen, ich geh nur mal schnell ins Bad und bin in weniger als fünf Minuten wieder bei dir. Ich hab einen Mordshunger."

Anfangs hat sie sich immer Sorgen gemacht, mittlerweile gewöhnte sie sich an meinen Job als Sprengmeister beim

Verfassungsschutz. Schließlich konnte ich durch meine Einsätze und Mitwirken Leben retten und größere Schäden verhindern. Jedes Mal kam ich mir wie ein Held vor. Ich darf zwar nicht alles über meine Tätigkeit ausplaudern, aber so ein bisschen angeben gegenüber ihr, das muss manchmal sein. Schließlich bin ich ein ganzer Kerl! Auch dieses Mal kann ich es nicht lassen ihr etwas von meiner gefährlichen Arbeit zu erzählen. Aber sie nimmt eine Blockadehaltung ein.

„Davon habe ich aber nichts, und wenn du eines Tages als Hackfleisch nach Hause kommst, was dann?“

Ich verdrehe die Augen, bis nur noch das Weiß zu sehen ist.

Ihre Reaktion entspricht der weiblichen Logik:

„Du verwirklichst dich und ich bleibe dann auf deinen Trümmern sitzen. Ich bin dir ja so was von egal. Liebst du mich eigentlich noch?“

„Aber Schatzilein, Ich wollte doch nur.....“

„Nix Schatzilein, mich lässt du in der Kartoffelkiste sitzen, ich bin die Blöde, die Angeschissene, aus die Maus“ und schon sitze ich allein beim Abendessen.

Mit einem bunten Blumenstrauß und Karten für das Rockkonzert am Wochenende im Kongresszentrum kann ich sie am anderen Tage einigermaßen zufriedenstellen. Trotz ihren zunehmenden Bäuchlein mit unserem werdenden Baby drinnen hat meine Marietta nichts von ihrem Elan und Tatentrang verloren. In knapp zwei Monaten werde ich zum ersten Mal Vater. Ich freue mich riesig darauf!

„Ja, Manfred, es ist nicht einfach, erwachsen zu werden!“

Ähnlichkeiten mit lebenden Personen sind rein zufällig. Orte, Handlungen, Wegbeschreibung sind ebenso zufällig und entsprechen nur den Anforderungen eines Romans. Technische Details sind nicht nachvollziehbar und frei erfunden. Es besteht keine Absicht persönliche oder religiöse Gefühle zu verletzen. Die zeitnahe Aktualität ist zwar bewusst gewählt, hat aber keinerlei historischen Stellenwert. Rechtliche Hintergründe können aus diesem Roman nicht abgeleitet werden.

Impressum:

Verlag:
CreateSpace
4900 LaCross Road
North Charleston, SC 29406
USA

Autor:
Karl-Heinz Cronau
Kirchring 4
35099 Burgwald
Germany
k-hc@gmx.de

Bilder:
Pixabay

Druck und Vertrieb
Amazon Media EU S.à r.l.
Amazon.com, Inc. oder Tochtergesellschaften

Proof

40516754R00127

Made in the USA
Charleston, SC
03 April 2015